少女星間漂流記2
著 東崎惟子
illust ソノフワン
JN075428

# 少女星間漂流記

contents

# 少女星間漂流記 2

# 明の星

砂漠にオアシスがある。

小さいが、綺麗な泉と果物があった。

泉のほとりには木でできた小屋があって、一人の老いた星人が暮らしている。

夜、老人は窓の傍に置いた椅子に座って外を見つめていた。

視線の先には都会の街並みがある。

高層ビルが並ぶ街並みはオアシスから随分と離れている。けれど、建物に煌々と灯る明かりは小屋からもよく見える。

毎晩、その街並みを見つめるのが老人の楽しみだった。

特に老人が好きなのは、高い塔の天辺にある明かり。そこに彼の愛する妻が住んでいる。塔の明かりを見ると妻の存在を感じられた。

その夜も老人は街並みを見つめていた。何十年もそうしてきたように。

ふと夜空にきらりと光るものがあった。

流れ星かと思ったそれは、どんどんとこちらに近づいてくる。オアシスに向かって落ちてくる。

あわやと思った老人だったが、何も心配することはなかった。それは星ではなかったのだ。落ちてくるそれを見て、老人は思わずつぶやいた。

「不思議なこともあるもんだ」

それは馬車だった。ゆっくりとオアシスの緑の上に着地した。

籠から二人の少女が降りてくる。金髪と黒髪だった。

金髪の女の子が言った。

「初めまして。私たちは旅をしている者です。お金を払いますので、ここの果物をいくつか分けていただけないでしょうか」

老人は答えた。

「宇宙からの旅人か。果物を分けるのはかまわないよ。私ひとりでは食べきれないしね。けれど、あまりたくさん持っていかれると困る。私一人が生きていくには十分だが、決して有り余っているわけじゃないんだ」

「ありがとうございます。では、いくつかいただいてまいります」

黒髪の少女が動いた。大人しそうな見た目とは裏腹に、機敏な動きで果物を摘んでいく。

金髪の少女が小物入れから貨幣を取り出した。

「こちらを……」

「いらないさ。私は人里離れて暮らしているから、お金を使う時がないんだ」

「そうでしたか」

　金髪の少女は貨幣をひっこめた。

「ですが、ただ果物をいただくだけでは忍びなく思います。何かお役に立てることはありませんか、家事手伝いとか」

「家のことも一人でできているよ。だが……」

　老人は何かを言いかけたが、やめた。代わりに無意識に遠くの街並みを見つめた。

　街の明かりを見る老人の瞳は寂しげだった。それを少女は見逃さなかった。少女は老人の心中を推し量って、申し出た。

「もしあの街に行きたいのでしたら、お連れしましょうか。私たちの馬車ならひとっ飛びですよ」

　老人は苦笑した。

「そうしたいのはやまやまだが、できないんだよ。私はあの街に近づくのを禁じられているから」

「禁じられて……どうして」

「感染しているのさ」

　途端、金髪の少女が身構えたが、老人は穏やかに言った。

「大丈夫。異星人には移らない毒だから」

「そうですか……」と少女は警戒を解く。

「もう何十年も前のことさ。この星の近くを彗星が通りかかってね。大きな宝石のように輝く彗星だったが、同時にとてつもなく恐ろしいものでもあった。彗星の尾には毒があって、それがこの星中に撒き散らされたのさ。悪いことに感染する毒だ。この星のあらゆる都市が隔離政策を行ってね、私はその時に街から締め出されたんだ」

少女が尋ねた。

「それはどんな毒なんですか」

老人は着ていた服の袖をめくった。現れた腕は、白く輝く石片に覆われている。

「石化するんだ。といってもただの石じゃない。全身が宝石に変わって死ぬ。彗星と同じ、輝く宝石に」

老人の腕は宝石のように固くなって、きらめいていた。

「おかしいですね」

少女が首を傾げた。

「その病にかかったら、全身が宝石になって死ぬんでしょう？　けれどあなたは生きている。それだけじゃない。見たところ、石になっているのは腕だけのようですが」

「運がよかったんだろうな。私は軽症だったらしい。腕以外が宝石になることはなかったんだよ。けれど、感染していることには変わりないから街にはいられなかった。ましてや私には立場があったからな」

「立場？」

「国で一番偉かったのさ。だからこそ出ていかなければならなかった。トップが我が身かわいさに残ったら、示しがつかないだろう。実際、私が出ていくことで罹患した民のいくらかは納得して一緒に街を出てくれたんだ」

老人は思い出す。街を出ていくときのことを。

彼は国を妻に託してきた。自慢の妻だった。敬愛していた。

別れの日、妻は泣いた。妻は別れの口づけをしようとしたが、老人——当時は若かった——が拒絶した。毒が移ってはいけない。

妻は涙ながらに誓った。

「あなたの使命は私が果たします。恐るべき毒から私が民を守ります。どうか遠くから見守っていてください。私はこの都に命の明かりを灯し続けますから」

だから、老人は都を、そして妻のいる塔を見つめるのだ。街並みが放つ明かりは、妻からのメッセージだ。都は今日も元気だと妻は伝えてくれている。だから老人は、そのまばゆい明かりを見るたびに勇気づけられる。妻が今も頑張っていることもわかるし、自分が街を出てきたのも無駄でなかったとも思える。

老人は気付かぬうちにまた都を見つめていた。

街は光っている。今日も人の営みは続いている。

その遠い日に金髪の少女が気付いて言った。

「治しましょうか？」

「えっ」

「ですから、治しましょうか、あなたの腕。私には医療の心得とメディカルキットがあります。あなたの腕は治せます」

老人は驚いて尋ねた。

「それは……私の中に宿っている毒も消せるのか？」

「おそらくは」

老人はしばらく呆(ほう)けていた。少女の言うことがあまりに現実離れしているように感じられたからだ。

それを見抜いたように、少女は言った。

「私たちが住んでいた星は、この星よりも文明が進んでいました。医療技術もそうです。だから、解毒(げどく)は難しくないのです」

なるほど、確かにこの少女たちは空からやってきた。それも馬車に乗って。魔法のような医療技術を有していても不思議はない。

老人は震える声で言った。

「じゃあ、頼めるか……？」

金髪の少女は微笑んで頷いた。

「もちろん。食料のお礼はさせていただきます」

金髪の少女は小物入れから、不思議な道具を取り出した。手のひら大のそれがメディカルキットだった。

キットから針が伸びてきて、老人の腕に刺さった。痛みのない注射だった。それが老人の血を解析し、病気の原因を突き止めた。今度は注射器の針を通して、老人の体に液体が注入された。それが薬だった。

キットにはモニターがついていて、そこには老人の血液の分析結果が表示されていた。

金髪の少女はそれを見て、首を傾げた。「おや」

「どうしたんだい？」と老人が尋ねる。何か悪いものでも見つかったんだろうか。

「あなたの毒、いえ、病気は他人に感染しませんよ」

「……なんだって？」

老人は戸惑ったが、すぐに否定した。

「いや、ありえないぞ。私は何人も見てきたんだ。国の人間が宝石に変わって死んでいくのを」

「あなたが罹ったのは彗星がもたらしたものではありません。まったく別の病気です」

金髪の少女は説明を続ける。

「私たちの星にもありました。筋肉が骨になったり、皮膚が鱗のようになってしまう病が。あなたはそれに類する病気に罹ったのです。それらも見た目が石化に似ていますから、勘違いされても無理はないでしょう」

ご安心を、と少女は微笑んだ。

「もちろん、その病気は今投与した薬で治りますよ」

老人はすぐには礼を言えなかった。

「じゃあ……私はあの都を出ていかなくてもよかったということか」

「残念ながらそういうことになりますね」

少女は目を伏せた。病気を治せる彼女にも、時を戻す力はない。

「お力になれず……」

「いや、君が謝ることじゃない」

老人はすぐに頭を切り替えた。

「ありがとう。君が来てくれたから、私は自分が彗星による病気でないと知ることができた。これで胸を張って都に戻れる。君が来てくれなかったら、私は死ぬまでこの小屋にいることになっただろう」

「そう言ってもらえると助かります」

そこで黒髪の少女がやってきた。

「出発の準備ができたよ」

「そうかい。じゃあ、行こう」

金髪の少女は黒髪の少女とともに馬車に向かった。

「よろしければ、都まで送りましょうか」

「いや、いい」

老人は言った。

「自分の足で歩きたい気分なんだ」

都までの道はきっと楽しいものになるだろうと老人は思った。歩くたびに少しずつ強まっていく街明かりを老人は見たかった。

「わかりました。では、これでお別れです」

二人の少女は馬車に乗って飛びたった。

老人は手を振って、黒い空に吸い込まれていく馬車を見えなくなるまで見送った。


「さて」

老人は身支度を整えた。砂漠を歩けるだけの装備をして、小屋を出た。

砂を踏みしめて歩く。老体には堪(こた)えるがそれでも足取りは軽かった。

丸一日歩いて、老人は都に着いた。

街に着いた老人は周囲を見渡した。

あらゆる建物から光が漏れている。夜だから出歩いている人の姿はないが、この明かりこそが人の営みと生存の証(あかし)であった。

老人はかつての住まいを目指した。

大きな塔の天辺(てっぺん)の部屋。妻と一緒に過ごした場所だ。

塔に着いた。何故(なぜ)かエレベーターは止まっていたから階段を上るほかなかった。息が切れて心臓が破れそうになった。

どうにか最上階に辿(たど)り着(つ)いた。

部屋の前に着く。扉につけられた明かり取りの窓からは、やはり光が溢(あふ)れている。

老人は扉を開けて、言った。

「ただいま」

部屋の中には妻がいた。

その姿を見て、老人は崩れ落ちた。

妻は在りし日の姿のままでそこにいた。

全身が石になって固まっている。

しかし、ただの石ではない。まばゆい光を放つ石だった。
老人は、光の正体を知った。それは営みの光などではなかった。
巨大な宝石が放つ、死のきらめきである。
老人は知った。都はとっくに毒で死滅していたこと。
オアシスに隔離されていた自分だけが、感染を免(まぬが)れていたこと。
妻は窓辺に立っていた。宝石と化した彼女は助けを求めるように手を伸ばしている。
きらめく指の先には砂漠のオアシスがあるのだった。

# 星の星

ようこそ、銀河の旅人さん。

話は聞いているよ、移住先を求めてこの星にやってきたんだよね。

最初に断言する。絶対にこの星を気に入るよ！

他の星に比べると科学技術はいまいちで宇宙船とかはないけれど、それを補って余りあるいいところがたくさんあるんだ。

まずこの星の人々はすごく温和だよ。星の治安もとてもいい。君たち二人は女の子だからとても重要なことだよね。夜道を歩いていても暴漢が出たりしないんだ。他の星の人が聞くとみんな驚くよ。

戦争とかもない。戦いで資源を奪うよりは、助け合って補おうっていう精神が根付いているんだ。犯罪もほとんどないなぁ。

美点は人々の気質だけじゃないよ。

旅人さんが気に入るに違いない素晴らしいものがこの星にはある。

ほら、空を見て。僕が指差す先を。

美しいお星様があるでしょう？

他の星とは一線を画した輝きのお星様が。
そうそう、あのひときわ大きいお星様さ。
ああ、いつ見てもうっとりする。大きくて不思議な色合いに瞬いていて……。
この星で一番の名物さ。
あのお星様は昼も夜も空に輝いていてね。
昼は温かみのある赤色を、夜は神秘的な青色を湛えるんだ。
お星様を模したクッキーなんかも売っているから買っていってよね。絶品だから。
あのお星様が現れたのは、もう数百年も前のことらしい。
その頃からお星様は崇められていてね。
不思議な輝きでこの星を照らし、見守ってくれているとされているんだ。
もしかするとこの星の人々が温和なのは、あのお星様のおかげかもしれないね。
あの不思議な色合いの光が、僕たちの心を穏やかにしてくれているのかも。
……えっ、あのお星様がそんなにきれいには思えないだって？
旅人さん、それは言ってはいけないことだよ。
この星の人たちはみんな、あのお星様のことが大好きなんだからね。
旅人さんもこの星に住めば、きっとお星様の魅力に気付けるはずだよ。
さて、どうだろう。ここ、すごくいい星でしょう？

えっ、とても気に入った？　移住に必要な要素がほとんど揃ってるだって⁉

ありがとう！　すごく嬉しいよ！

それじゃあ、二人とも今日からこの星の住人だ。

これからよろしく……。

えっ、気に入ったけど移住はしない？

どうして？　一体どこが悪かったんだい。

教えてよ。え、話したところでどうしようもないから話さない？

うーん……。すごく気になる……。

けれど、言いたくないなら無理強いはしないよ。

それじゃあ、残念だけど……お別れだね。

もし気が変わったらまたいつでもこの星に戻ってきてよ。

さようなら、またいつか！


ワタリとリドリーは馬車型の宇宙船に乗ってその星を出た。

籠の中でお星様クッキーを食べながら、銀河を行く。

「本当にいい星だったね」

「人々は温和だったし、クッキーは美味しいし」

「移住したかったねぇ……」

宇宙を進む馬車がある星に近付く。

『お星様』と呼ばれていたものに。

ワタリが横目にそれを見る。

「これさえなければ……」

それは星などではない。

途方もなく大きな、クラゲに似た宇宙生物だった。

笠に相当する部位を、さっきの星に向けている。それでさっきまでいた星からは、円形の星に見えていたのだ。

クラゲに似た宇宙生物は、半透明の体の中で鮮やかな光を流れるように回転させながら、触手をくねらせてさっきの星へと進行していく。

「こいつは、星を喰う宇宙生物だ。おそらくあと五十年ほどでさっきの星に到達するだろう。そうしたらあの星は終わりだ」

ワタリの戦闘能力でもリドリーの科学力でも、この宇宙生物は止められない。

あまりに大きすぎる。惑星ほどの大きさのある宇宙生物など処理しようがない。

ワタリは少し辛そうに顔を伏せた。あの星の人たちはいい人たちだったたからだ。

ワタリの考えていることを察して、リドリーが言う。

「ワタリが後悔することはない。真実を話したところで、あの星の人は信じなかったさ。宇宙生物をお星様として信仰している以上はね。それに信じられて縋（すが）られたって困るだろう。私たちが残って尽力したとしても、この宇宙生物の迎撃はできない」

「うん、わかってる」

そうは言ったが、ワタリの悲しい気持ちは打ち消せない。変わらず暗い顔をしている。

それがリドリーには少し意外だった。自分たちは厳しい旅をしているから割り切るところは割り切る癖がついている。実際、リドリーはあの星の人々を待つ滅びの宿命についてあまり思うところがないのだが……自分の相棒は思っていたよりもずっと優しい女性らしい。

だから、ワタリの暗い顔を見たくなくてリドリーはぼそりと言った。

「……まあ、手紙は置いてきたがね」

「えっ？」

ワタリが顔をあげてリドリーを見た。

「あの星の真実を書いた手紙を、土産屋の店員に渡しておいた。理論立ててお星様の正体を書いておいたから、まともな思考力のあるヤツが読めば何が真実かわかるだろう。それと……脱出用の宇宙船を作る基礎理論も書いてある」

ワタリの顔が花開くように輝いた。そしてリドリーに抱き着く。

「大好き」

「おいおい、そんなに喜ぶな。あの星の人たちが助かると決まったわけじゃないんだぞ。そもそも手紙の内容を信じないかもしれないし、信じたとしてもあの星の科学力は私が書いた造船についての基礎理論を解するに達してない。五十年かけて基礎理論を解するレベルに届くことができるかどうか」

「でもすごく嬉しいの」

だが、すぐにワタリの脳裏に疑問が過った。

「どうして……あの星の人たちを助けようと？」

リドリーが自分と違って、感情に流されない人間だとワタリは知っている。割り切るところは割り切って、無駄なことはしないのが自分の相棒のかっこいいところだ。その彼女の行動理念に照らせば、あの星の人を助けようとはしないはずなのに。

リドリーは土産屋で買った名産品をかじりながら言った。

「クッキーがおいしかったから……」

# 子の星

「おー、熱帯雨林じゃん」

　二人が降り立ったのはジャングルであった。背の高い木々が生えている中に蛇行した大河が横たわっている。鋭い牙を持った小魚たちが、茶色の水面を跳ねていた。湿度も気温も高く、快適とはとても言えない。

「うええ、蒸し暑い。だるい。脱ぎたい」

　リドリーはグロッキーだった。服の襟元を開放し、ぱたぱたと仰いでいる。

「なあワタリ。服脱いでいいかな」

「はしたないよ、リドリー」

　ワタリは涼しい顔をしている。彼女はいつものように黒いドレスを着こんでいるが、ケープすら外していなかった。肉体が普通の人間と違うので暑さも平気である。

「ああ脱ぐ！　もう脱ぐ！　止めないでくれ！」

　スカートのベルトに手をかけたリドリーをワタリが止める。

「ちょっとやめなって」

「いいだろ、ワタリしかいないんだし」

「星人と出会うかもしれないじゃない。レギンス一枚じゃ恥ずかしいよ」

などとワイワイしていると茂みから人影が現れた。

「お、何だアンタたち。見ない格好だね」

それは女の声だった。

リドリーは半ばスカートを脱ぎかけている。ワタリはそのリドリーの手を掴み、スカートを脱がせまいとしていたところだった。

「ほら！　噂をすれば現地の星人だよ。早くスカート穿いて……」

二人はやってきた女を見て、

「ほわぁああああああああああああああああああああああああああ！」

同時に叫んだ。

やってきた女——地球人によく似ている——はほとんど裸だったのだ。布を胸と腰に巻いているだけ。だが、ほとんど裸であるがゆえにスタイルが良いのがよくわかった。背が高くて肌は健康的な小麦色。野生美と肉体美がほとばしっている。年齢はワタリたちと同い年くらいに見える。後頭部でひとくくりにされている白い巻き毛は、まるで動物の尾のようだ。快活そうな顔をしていて、額の中心に黒い黒子のようなものがあった。

リドリーが呟いた。

「どうやらこの星では、下着姿が正装のようだな……」

と言いつつもリドリーはスカートを脱ぐのをやめた。ほとんど裸の女性を見て、恥ずかしくなったのだった。

リドリーはいつもどおりのよそ行きの顔を作って、女性に話しかけた。

「初めまして。私たちは……」

だが、女性はそれを聞いていなかった。彼女はリドリーを無視すると、獣のように眼を光らせて、ワタリに向かって突進していた。

女性はワタリの前に立つと大きな声で言った。

「アンタ、いいね！」

ワタリは戸惑った。

「え、私……？」

「その尻がいい！」

女性はワタリのお尻をバンと叩いた。初対面とは思えないボディタッチにワタリは飛び上がった。

「ひゃう！」

「いい赤ちゃんを産んでくれそうだ。体も鍛えられてるみたいだし、気に入った。うちの村に来な！」

女性はワタリの手を引っ張って、半ば無理やりに歩き出した。上機嫌な笑みを浮かべている。

引っ張られながらワタリがおずおずと言う。

「い、いきなりなんですか、あなた……」

「あたしの名前はホストってんだ。アンタは？」

「ワ、ワタリです……。あの、手を離してください……」

「いーや、離さないね。そんなに警戒するなよ。取って食いやしないよ」

「で、でも……」

「まあ、行ってみようじゃないか」と後ろからついてくるリドリーが言った。

「せっかく村に案内してもらえるって言うんだ。ひとまずお言葉に甘えよう。この星のことを知ることができるしな」

「……それはそうか」とワタリは納得する。

二人はとりあえず村に向かうことにした。


ジャングルを抜けて、三人は村に着いた。

村には茅葺屋根の家に似た建物が点在している。無数の木の枝を柱にして、藁や葉っぱを屋根としている粗雑な作りだった。ジャングルの村だけあって緑が多い。木の柵に囲われている家畜の姿も見受けられた。

村の人間は女ばかりであった。皆屈強な体つきをしていて、下手な男よりも強そうだ。

「アマゾネスみたいだな」というリドリーの呟きに、ホストは答えた。

「アマゾネスってのは知らないけど、ここにいるのは強い女ばかりさ。じゃないと外敵から子供たちを守れない」

「外敵？」

「ああ、あたしらの子供を狙って食う生き物がこのジャングルにはたくさんいるのさ。そういう獣は男たちが留守の間を狙ってくる。だからここでは強い女は何より重宝されるんだ。そもそも強い女でないと男に選んでももらえないしね」

　ホストはワタリの背中をバンバンと叩く。

「だから本当にアンタはいいよ。こんなに強そうな女は見たことないねえ。ぜひうちの村に留まって子供をたくさんこしらえてくれ」

　ワタリは少し困っている。

「子供……。そういうこと、私はまだ考えたことがなくて……」

「ううん？」

　ホストは小首をかしげる。

「女に生まれたんだから、子供を作るのが何より大事だろ？」

　どうやらそれがこの星に根付いている価値観らしい。

　村中に響き渡る大声で、ホストは仲間に呼びかけた。

「みんなー！　お客さんだよー！」

呼びかけに応じて、家から村人が出てきた。家畜の世話をしていた者も中断して三人を見る。

「お、なんだなんだ？」

十数名の村人が群がるように集まってきた。

ホストがみんなにワタリを紹介した。

「見な！　うちの新しい仲間のワタリだ！」

「いや、この村に住むって決めたわけじゃ……」

村の女たちは、ワタリを見て感嘆する。

「すげぇ！　なんて鍛え上げられた筋肉なんだ」

「鬼が宿っているのかと思った」

「これなら大蛇が襲ってきてもひとひねりじゃないのかい？」

「この子から生まれる子供はさぞ強い子に育つだろうねぇ」

「うちの守り神になってほしいよ」

あっという間にワタリは賛美の嵐に包まれた。

ワタリは人と交流するのが得意ではないが、こうもたくさん褒められると悪い気はしない。

聞いているうちに顔がにやけてきた。

「へ、へへへへ……それほどでも……」

　ワタリは頭の後ろに手を当てる。こんな風に他人から褒められ、歓迎されたことはあまり経験がないのだった。

「まあ、子供を作るかはひとまず置いておいて……。いい村だねえ」

「そうかい？　私には全然いい村じゃないんだがね」とリドリーが少し不機嫌そうに口をとがらせた。彼女は蚊帳の外だった。村人たちは見向きもしない。村に到着して数分で、リドリーはすでにこの星への関心を失っていた。

「どうせ私はヒョロガリで弱いからね。こんな野蛮な星、こっちから願い下げだ」

　そこでやっとホストがリドリーに声をかけた。

「まあ、これから強くなればいいのさ」

　ホストはリドリーの体をまじまじと見る。

「……とは言ってみたものの、ちょいとヒョロガリ過ぎるねえ。うちの男連中が拾ってくれるかどうか。アイツらは強さと尻のデカさしか見てないんだよなぁ」

「弱くて尻も胸もなくて悪うございました。大体、興味ないっての。子供作るなんて。なあ、ワタリ？」

「それはそうだね。少なくとも今は、考えられないかな」

　ホストは驚いた後に、心底わからないという顔をした。

「なんなんだい、アンタら。どうして子供をそんなに嫌う」

「嫌ってるわけじゃない。興味がないんだ。育ってきた文化の差異だろう」

「文化……？　難しいことはわかんねえな」

そこでホストはぱんと手を打った。

「いいこと思いついた。アンタたち、うちの子を抱いてみなよ。ちょうど六人目の子が赤ん坊でかわいい盛りなんだ。抱いてみたら子供が好きになるし、子供が欲しくなるに決まってるさ」

「私はパス」と言ったのはリドリーだ。

「子供嫌いなんだよ。赤ん坊なんてぶっさいくな猿にしか見えないし」

だが、ワタリは違った。

「私は抱いてみるだけなら……」

ワタリは子供が好きだ。

ホストはリドリーに言った。

「安心しな。猿には絶対に見えやしないし、猿よりずっとかわいいさ」

ホストは二人の前を去って、民家の一つに入っていった。そこが彼女の家らしい。

しばらくしてホストが民家から出てきた。

ホストは、衣に包まれた小さなものを抱いていた。

「ほら、連れてきたぜ。抱いてみな」

ホストは抱いてきたものを差し出した。

「うっ……！」

思わず二人はたじろいだ。差し出された手、衣の中にいる生き物は確かに猿には似ていなかった。

衣の中で蠢いていたのは、大きな芋虫に似た生き物である。

若干黄色みがかった白の体表。無数に刻まれた体節の皺。天辺には黄色くて小さな頭がついている。一対の牙を開けたり閉めたりしていた。

唖然。

「どうだい、かわいくて声も出ないだろ？」

ホストは芋虫のような生き物に頬擦りをした。

「それが……ホストさんの赤ちゃん……？」

「それとはなんだい。正真正銘、私がお腹を痛めて産んだ子だよ」

ホストは母親が赤子をあやすときに特有の、愛らしく高い声で芋虫に話しかけた。

「おー、よしよし。お腹空きましたねえ」

ホストは胸元からこぼれ出た大きな乳房を芋虫のような生き物の口元にあてがった。芋虫のような生き物が乳首に吸い付く。ホストに全く嫌悪の様子はない。心底からかわいいと思っているようである。

「リドリー、これって……」

「うん」

ワタリはドン引きしていたが、打って変わってリドリーは楽しげであった。

「俄然興味が湧いてきた」

「ええっ……」

ワタリはリドリーにもドン引いた。

「どうやら私たちは勘違いしていたようだ。ホストが、そしてこの村の人々があまりに地球人に似た姿をしていたから、てっきり哺乳類に似た星人なのだと。だが、違うのかもしれない。彼女たちの本質は、昆虫なんじゃないかな？」

「昆虫？　そうかな……？」

ワタリ、ホストの体を見る。

「昆虫の要素、一つもないけど。芋虫みたいな生き物の名残もない」

「それがまた興味深い。もしかしたら完全変態するのかもな。蝶々と同じだよ。アレは蛹を経て全く別の姿に変わるだろう？　この村の人々も、芋虫から美しくたくましい女性へと変身を遂げるんじゃないか？　ふふ、目覚めたら虫が人間になっているなんて、逆グレゴールだね」

リドリーは芋虫の世話をしているホストに声をかけた。

「ホスト。私の推測が正しければ、この村のどこかに蛹のための設備か何かがあると思うんだけど」

「もちろんあるさ」

リドリーはにやりと笑った。推理が当たってご満悦なのである。

ホストは小屋を指す。それは民家よりもずっと大きかった。

「あれがそうさ。子供たちはね、ある程度大きくなったらあそこで蛹になるんだ。蛹の間はすごくデリケートだし、身動きも取れないから、特に注意してあげないといけない。私たち、強い母親の出番ってわけだよ」

ワタリが尋ねる。

「そういえば男の人が一人もいませんね。いったいどこに……？」

「狩りに行ってるんだよ。私らの飯と、それと新しい女を娶るためのね」

「お、奥さんがいるのに新しい女性を……？」

「うん？　何が悪いんだ？　強い男がたくさんの子供を作ろうとするのは、当然のことじゃないか。むしろ私たち女からしても、優秀な子供を産めることはありがたいことだし」

「うーん、ついていけないよ……」

「ワタリ」

リドリーがゆるくかぶりを振りながら、ワタリを諌めた。

「現代日本人の感覚は通じないよ。ましてや彼女たちは昆虫なのだから。たくさん子供を産めるのが光栄だと思うのは当然だろうね」

リドリー、にこやかな顔でホストに向かって手を挙げる。

「すいませーん。私、急に子供に興味出てきちゃいました！　蛹のある部屋を覗いてみてもいいですか？」

「ああ、いいとも！」

ホストは快諾する。

「この村はとにかく女が足りてないからね。アンタはちょいとヒョロガリで頼りないが、子供を産める胎があるなら大歓迎だよ」

「村に住むかは子供たちのかわいさを見てから考えることにしまーす」

いい加減な返事をして、リドリーは蛹のある小屋に向かった。ワタリはそれについていこうとしたが、ホストがその手をがしっと摑んで引き留めた。

「アンタはここで私とお話さ」

「えっ、どうして……」

「言っただろ？　私はアンタが気に入ったのさ。何が何でもこの村に残ってほしい。だから今から口説き落とすんだよ」

ワタリを見つめるホストの眼差しは純真そのものだ。裏表がない人物だというのが伝わってくる。

　ワタリは微笑みを返した。

「……お話を聞くだけなら」

　ワタリは、他人が自分にこんなにも惚れこんでくれたことが嬉しかった。

「そう来なくっちゃ！」とホストは嬉しそうにした。

　二人は近くにあった大きな茸の上に座る。椅子の代わりにちょうど良い。笠は柔らかく、座り心地がよかった。

　茸に座って、ワタリは村を見渡す。改めて見てみると村の女は芋虫を抱いているか、大きなお腹をしている。

　ワタリは隣に座るホストに尋ねた。

「この村の女性は、みんなお子さんがいるんですね」

「当たり前だろ？　子供を産んで、育て、守ることが女の仕事なんだから。この村ではね」

「……だとしたら私はホストさんの期待には応えられないと思いますよ」

　ワタリ、ホストの腕の中の芋虫を見る。

「私はホストさんとは違う星人です。体の作りも違いますから、その……そういう感じの子供は産めないですよ」

「ああ、それなら心配いらないさ。うちの男たちの精力はもう、抜群だからね。星人の違いなんて小さなことは問題にもなりゃしない。相手が女なら、どんな星人でも身ごもらせちまうのさ」

「ど、どんな星人でも……？　それはすさまじい……」

「それだけじゃないさ」

ホストはワタリの耳に顔を近づけて、そっと囁いた。

「うちの男たちの針は……気をやるほどに気持ちいい」

「気……気をやるほど……」

俯いたワタリの顔は赤くなっている。

「おぼこには刺激が強すぎる話だったかもな」

ワタリの初々しい反応をホストは笑った。

「アンタが心配することは何もないのさ。この村は良いよ。村全体が家族みたいな団結力があるし。アンタも、アンタの友達も。仲間として受け入れるさ。あとはアンタが、子供を欲しいと思ってくれれば問題解決」

「その子供を……」

ホストの大きな手が芋虫の柔らかな体を優しく撫でている。芋虫は気持ちよさそうに体をくねらせていた。

「もし私がこの村に残ったら、そういう子供を産むことになるんですよね？」

「そりゃあそうだろうよ」

率直にワタリは思った。

こんな子供は欲しくない。

こんな芋虫にしか見えない子供など、かわいいと思えないし、愛せる気もしない。

——こんな気持ちの悪い生き物……。

と頭に過ったが、すぐに思い直した。

今のはあまりに失礼だ。

子供を撫でるホストの手つきを見る。子供を見下ろすホストの優しい眼差しを見る。

彼女は心から自分の子供をかわいいと思って、愛しているのだ。

自分には芋虫にしか見えなくても、ホストにとっては大切な子供。

芋虫を気持ち悪いと思うのは、地球人の、いや、ワタリの美的感覚にすぎない。それによって、他人の子供を気持ち悪いものと断じるのは、とても心無い行為だとワタリは思ったのだった。

確かに、産む気にはなれない。芋虫の子供は欲しくない。自分はこの星には残らないだろう。

けれど、ワタリは決意した。少なくともホストの前では、この子を気持ち悪いものとして扱うのはやめよう。

だから、ワタリは言った。

「……抱かせてくれますか？」

ホストの顔がパッと明るくなった。

「もちろん！」

ワタリは芋虫を受け取った。虫に触ることに抵抗はない。そんな潔癖ではこの銀河ではとても生きていけないのだ。

ワタリの腕の中で芋虫が蠢（うごめ）いている。どうしても見た目は好きにはなれないが、もうワタリが顔をしかめることはなかった。

ワタリは聞いた。

「子供が生まれるってどんな気持ちなんですか？」

「興味が出てきたかい？」

「いえ、正直に言ってここで子供を作ろうとは思っていません。でも、前から少し気にはなってたんです。いつかは子供が欲しいですけど……私なんかに育てられるか不安で……」

「最初から自信のある母親なんていないさ」

ホストは快く質問に答えた。

「最初の子供を産む前……あたしは何を考えてたっけな」

ホストは太ももの上に頬杖（ほおづえ）をついて考える。視線は空を向いていた。

「そうだ、怖かったんだ」

その気持ちがワタリにはわかる気がした。

「不安だったんですね」

「不安……。そうだね、もちろんそれもあった。でも、それよりもずっと怖さが勝ってた。ええと……。その時は私、子供がまだ好きじゃなくて……。産みたくなくて……」

ホスト、ぱちぱちとまばたきを繰り返す。頬杖(ほおづえ)の位置が頬から額にずれていた。ホストは目を震わせて、額を押さえていた。

「そうだよ、あたし帰りたかったんだ。お腹(なか)が大きくなるたびに不安と怖さも大きくなって……。このまま、お腹(なか)の子供を殺してしまえたらって」

何か聞き間違えたのではないかとワタリは思った。その単語は、とてもホストが口にするものとは思えなかった。けれど、それは決してワタリの聞き間違いではなかった。続けてホストはこう言ったのだ。

「どうしたら殺せるのかって考えてた。なのに、あたし……産んだ……」

ホストの声は小さかった。震える視線はどこを見ているのかわからない。

「なんであたし、産んじまったんだ……」

ホストの様子を見てワタリは戸惑った。さっきまでの快活な雰囲気は消えて、鬱々としている。何かホストのトラウマのようなものを踏み抜いてしまったようだ。ワタリは慌てて、取り繕った。

「最初はきっとみんな不安で怖いものなんですよ。でも、いいじゃないですか。今はこんなにもお子さんを愛しているんですから」

　ホストはがばりと顔を上げて、ワタリを睨んだ。

「愛してるわけないだろ」

　その双眸に、元気で明朗な光はなかった。底が見えない深淵が、眼孔の奥に続いているかのようだった。

　あまりの豹変ぶりに、ワタリは言葉を発することもできなかった。

　ホストはかぶりを振った。

「……わりい。何言ってんだあたし」

　その瞳には少し光が戻ってきていた。

「うちの子、返してもらえるかい？」

「は……はい……」

　ワタリが芋虫を差し出すと、ホストはそれを受け取った。

「……なんてこと言っちまったんだろう。こんなにかわいいじゃないか。……かわいいよな？　愛してるよ。愛してるに決まって……」

　芋虫を抱いたまま、ホストは辛そうに俯いてしまった。見れば脂汗を浮かべている。鼻先から汗の雫が滴って、芋虫の張りのある体の上で弾けた。

　明らかに具合が悪そうだった。何か精神的に苦しんでいるように思えて、ワタリは茸の椅子から立ち上がった。

「リドリーを呼んできましょうか。彼女は医術の心得があるんです。心が落ち着く薬も持っていますよ」

「……いや、大丈夫。ちょいと気分が悪いだけだから……」

　ホストの丸まった背中を、ワタリは心配そうに見つめていた。

「ほほう、これはこれは……」

蛹（さなぎ）の小屋の中をリドリーは興味深そうに観察していた。

小屋の中には無数の棚があった。ただし普通の棚ではない。芋虫を入れる棚である。六角形の穴が無数に空いており、その中に芋虫が入れられているのだ。

芋虫は大きかった。

一番手前の棚には蛹（さなぎ）に変わろうとしている終齢（しゅうれい）幼虫——蛹（さなぎ）になるひとつ前の段階まで成長した幼虫——が収納されていた。芋虫の体躯（たいく）はリドリーと大差ない。ホストが抱いていた芋虫のことをリドリーは思い出す。手で抱えられるほどの大きさしかなかった生き物が、ここまで大きくなることに少し感動する。

　ひとつ奥の棚に進んだ。その棚には蛹（さなぎ）になって間もない子たちが収容されている。奥の棚に行けば行くほど、成長した蛹（さなぎ）が収められているようである。リドリーの前にある蛹（さなぎ）はシルクのような白色だった。リドリーが指でつついてみると、いやいやをするように体をくねらせた。

さらに奥の棚を見る。もう一段階、成長をした蛹があった。白い膜の中で黒い影が蠢動している。その形はまだ不定形だ。

「これが人の形になるっていうんだから、生命というのは神秘だよ」

リドリーはさらに奥の棚へと進んだ。そこには羽化直前の蛹があった。白い膜の向こうで蠢いている生き物の姿もはっきりと見て取れた。

その蠢動するものを見て。

リドリーは目を剝いて、たじろいだ。

「おいおいおいおいこいつは……」

すぐにリドリーは踵を返すと、小屋の外へと駆けだした。

「馬鹿だ私は！　この手の生き物は地球にいくらでもいたじゃないか！」

ほとんど体当たりするような勢いで、扉を開けた。村人たちが驚いてリドリーを見た。芋虫を抱いているか、あるいはお腹の大きな女性ばかりが。

リドリーはワタリの下へ駆けた。彼女はホストと一緒に大きな茸の上に座っていた。

「ワタリ！」

叫ぶリドリーをワタリが見た。

「あっ、リドリー。ちょうどいいところに。ホストさんが少し具合悪いみたいで……」

「出るぞワタリ！　ここはやばい！」

「えっ？」

「説明は後だ。とにかくここを出る！」

「でも、ホストさんが……」

「いいから言うことを聞け！」

それでワタリは黙った。相方がこれだけ必死になっているということは何かあるに違いなかった。

「わかった」

そう答えた時には、リドリーは万能小物入れから馬車を取り出していた。

「ホストさん、ごめんなさい。私はもう行きます」

ホストは顔を上げた。いくらか元気が戻ってきているようだった。少し辛そうだがどうにか笑顔を浮かべてワタリに言った。

「そうかい。残念だけど、無理に引き留めることもできないからね。元気でやりなよ」

「ホストさんも、ご家族で仲良く過ごしてください」

リドリーがワタリを強引に馬車へと引きずり込んだ。

機械の馬が地を蹴り、二人は村を飛び立った。

まさにその時だった。酷く嫌な音が村中に響き渡った。

ぶぶ、ぶぶぶぶぶぶ……。

低い地響きのような音。聞いた者の生理的な恐怖を呼び起こす音だった。

空が黒くなった。暗雲が立ち込めたかのようだった。

暗雲の正体は蜂だった。大男ほどの体躯を誇る蜂が無数に。彼らは生き物を抱いていた。

一部の蜂が抱いているのは、ぐったりとした女性たちである。彼らは死んでいるかのように動かない。

それ以外の蜂が抱いているのは、赤黒い何かだった。よく見るとそれは肉塊であった。もっと正確にいうならば、死体を丸めて作った肉団子のようである。

ホストが羽音を聞いて、空を見上げた。

「ああ、帰ってきた。うちの男たちが」

ホストは蜂の群れをうちの男たちと呼んで、

「うちの……男……？」

自分の言葉に疑念を抱いた。

彼女は頭を押さえた。爪が頭皮に食い込む。

「……そうさ。私の、私たちの愛すべき旦那だよ。私たちをこの村へ連れてきて、身ごもらせて……」

う、とホストは一言呟いた後、抱いていた赤子を取り落とした。丸々と太った芋虫がころころと地面を転がった。巻かれた布がはだけた。

「あああああああああああああああああ！」

ホストの絶叫が炸裂した。

「あああ！　そうだ！　いやだ！　あたし、帰らないと！　みんな！　みんな！」

ホストは半狂乱になって駆けだした。どこへ向かっているのかはおそらく自分でもわかっていないだろう。とにかく村の外へ。

だが、彼女の行く手に、一匹の蜂が立ちはだかった。熊ほどの大きさがある蜂が、ぎちぎちと牙を動かしている。腹の先についた針からは毒液が滴っていた。

「ひっ……！」

蜂はホストに飛び掛かると、太い六本の脚で彼女を仰向けに固定してしまった。

「いや！　離せ！　離して！　やだ！　針は嫌！」

六本の脚のうちの一本が、ホストの頭を押さえこむ。もはやわずかにも動かせなくなった顔に蜂の針が近づいていった。

「ああああああああああああああああ！　うあああああああああああああああああああ！」

針はホストの額の中央にある黒子に刺さった。果たしてそれは黒子ではなく、傷跡であった。

針は寸分も狂いなく、傷跡に吸い込まれていく。

「あ」

するすると針はホストの頭の中へ入っていった。貫通するのではないかというほど奥へと進んでいく。蜂の尻が動いた。針でホストの脳をかき混ぜているかのような動きだった。

「あっ」

ホストの体が痙攣を始めた。針が奥に侵入するほどに、ホストの顔から恐怖が消えていった。

「あー」

今のホストはむしろ嬉しそうであった。口の端からは泡のような唾液が滴っていた。

蜂はホストから離れた。その後もホストは放心状態のようにしばらく地面に倒れていたが、やがてむくりと起き上がった。

そして茸の椅子の近くに転がっている、彼女の子供……否、彼女の胎から出ただけの芋虫を抱き上げて、愛おしそうに頬擦りした。

「お父さんがご飯を持ってきてくれましたからね。一緒に食べましょうね～」

地面には、蜂のうちの一匹が置いていった肉団子が転がっていた。ホストはそれを手に取ると、千切って芋虫の口にあてがう。そして自分もまた肉団子を頬張った。

村の女たちはほぼ全員、同じことをしていた。

「蜂の中にはね、自分とは全く違う種族に子供の世話をさせるやつがいるんだ。対象の肉体に産卵して、生まれてきた幼虫を守らせる。寄生蜂ってやつさ」

銀河を駆ける馬車の中で、リドリーが言った。

「どうやって違う種族にそんなことをさせられるの……」

「脳の手術を行うのさ。対象の脳に針を刺して、神経節にウイルスを注入する。ウイルスに侵された脳は正常な働きを失い、寄生蜂の子供を守るようになるんだ」

あの星の蜂は、コマユバチに近いんじゃないかなとリドリーは付け加えた。コマユバチのウイルスに脳を侵された蛾の幼虫は、死ぬまで蜂の子供を守るようになるのである。

リドリーの説明をワタリは信じられずにいた。

「脳の手術って……。そんな繊細なことが虫にできるの？」

「虫を侮っちゃいけない。彼らの針には寸分の狂いもないよ。その手術は実に科学的で技巧的で、いっそ芸術的ですらあるんだ」

ワタリは暗い気持ちになった。

「……芸術的なんかじゃないよ」

ホストのことを思い出していた。芋虫のことを子供と思いこまされて愛していた顔、ウイルスが一時的に弱まったのか昔を思い出して懊悩する顔。

「あんなに酷いことってない」

感情的なワタリとは打って変わって、リドリーの声は無機質だった。彼女は窓の外を見て――ワタリに後頭部を向けて――いた。

「あんまり感情移入するなよ。私たちは行きずりの旅人なんだから」

「リドリー……！」

批難しようとしたワタリだったが、思わず言葉をひっこめた。

ワタリは気付いたのだ。窓ガラスに映るリドリーが苦々しい顔をしていることに。

ワタリは考えた。

リドリーが強引に馬車を発進させていなかったらどうなっていたか。自分はきっと蜂の群れからホストを守るために戦っていたに違いないのだ。いや、その場合、守るべきはホストだけでなく、リドリーも対象になる。それがどれほど困難で、危ないことかは考えるまでもない。針を一刺しされれば終わりだというのに。

リドリーは科学者だ。星の事象や星人の習性に、主観や感情を差しはさんだりはしない。けれど、それはリドリーに感情がないことを意味するわけでは、決してない。

リドリーは感情を押し殺して、取るべき指針を示してくれたのだ。

だから、ワタリは黙った。重苦しい沈黙が船内を満たしていた。

「次に行く星は……せめてもう少し優しい場所だといいね」

「ああ」

馬車の下には何百という蜂が渦を巻いて飛び回っていた。

# 獣の星

『いやし動物園、この先二光年』

こんなことが書かれている看板が宇宙空間に浮いていた。

馬車の窓からワタリとリドリーがその看板をぼんやりと眺めていた。

リドリーが呟いた。

「行くか……」

このところ、二人の旅はハードだった。どこかで癒されなければやっていかれない。

ワタリも同じ気持ちだったらしく、こくりと頷いた。

馬車は看板の指す方向へと駆けていく。


ほどなく、目的の動物園と思われる星についた。

馬車から降り立った二人は、

「わぁあああ……」

思わず感嘆のため息を吐いた。

その星はまさに動物の楽園だった。メルヘンの雰囲気も漂わせている。木々は輪郭がふわふわと丸みを帯びていて、クレヨンで描かれたみたいな川が流れている。気温もぽかぽかと暖かい。恒星から柔らかな陽射しが降り注いでいる。

そしてこの星の本命である、動物たちがたくさんいた。

うさぎがいて、たぬきがいて、きつねがいて、いぬがいて、ねこがいて、くまがいて、しろくまがいて、ぱんだがいて、あざらしのあかちゃんがいた。

かわいいと思われるおよそ全ての動物たちが全てこの森に集められているかのようである。

動物たちはリドリーとワタリを見かけると、一斉に駆けてきた。つぶらな瞳には敵意も悪意も全くなかった。

リドリーとワタリの足に、動物たちは頬擦りをしたりして、じゃれついてきた。

「かわいいねぇ……」とワタリが動物たちを撫でる。

二人は近くの切り株に腰かけた。椅子にはちょうどいい高さと大きさだった。

座ったことで二人に、動物たちが体を摺り寄せてくる。ふわふわとした毛皮が気持ちよかった。

あざらしのあかちゃんを抱きながらリドリーが言った。

「確かにかわいいな」

ワタリは大きないぬを撫でていた。

「リドリーがかわいい動物が好きなの、意外だな」

「格別好きと言うわけでもないが……嫌いでは全くないな」

「素直に好きって言えばいいのに」

「……そうだな、今は好きかも」

リドリーがあざらしのあかちゃんの背中に顔をうずめた。白いわたげがもこもことしていた。雲に包まれているかのような気分になる。

「……天国」

「行く先々がみんなこういう星だったらいいのにねぇ」

いぬがワタリの顔をべろりと舐めた。ワタリは困り笑いで「くすぐったい」と言ったが、まったく嫌がっている風ではなかった。

「ワタリは昔から動物が好きだよな」

「……動物はいいよ」

しみじみとワタリは言った。

「人間と違って気を遣わなくていいし、人間と違って邪念がないし」

「……そうだな。どこの星の人間であろうと、人間である限りは腹の底で何を考えているかわからない。私でさえ時々うんざりする」

「この星ではそういうの忘れてのんびりできそうだね」

「そうだな。嫌なことは全部、忘れてしまおう」

それから二人は動物たちと戯(たわむ)れた。草の絨毯(じゅうたん)の上で一緒に寝たり、ポニーやぶたの背中に乗ったり、草や果実を食べさせたり、特に意味もなく眺めたりした。

「動物ってどうしてこんなにかわいいんだろう」とワタリが言って、

「喋(しゃべ)らないからじゃないか？」とリドリーが答えた。

穏やかなふれあいタイムを過ごした。

夢のようにゆったりとした時間だったが、実際にはあっという間に数時間が経(た)っていた。

日が沈みかけている。

「そろそろ行こうか」

リドリーの言葉に反応したのは動物たちだった。まるで人間たちの言葉がわかるかのように、動物たちはリドリーたちを見た。たくさんのあどけない瞳が二人を見つめている。行かないでと言っているかのようだった。

ワタリはいぬの頭を撫(な)でた。この星で一番ワタリに懐(なつ)いてくれていたいぬだった。

「そんな風に見つめられたら、名残惜しくなっちゃうねぇ……」

「でも、行かないとな」

二人はまだ旅の途中なのだ。

最後にワタリはいぬをぎゅっと抱きしめた。

「ばいばい」

それを見てリドリーも思うところがあったのだろう。あざらしのあかちゃんの頭を最後に一度だけ抱きしめた。

そして二人は馬車に乗り込んだ。機械の馬が地を蹴って、馬車が上空へと飛び上がる。窓の外から二人は動物たちを見えなくなるまで見つめていた。動物たちも顔を上げて、二人を見送っていた。

宇宙空間に出た後、ワタリが言った。

「癒(いや)しだったね」

リドリーも頷(うなず)いた。

「ああ、まさに癒(いや)し動物園だった」

馬車が見えなくなっても、動物たちは空を見上げていた。

豚が口を開いた。

「もう喋(しゃべ)ってもいいか？」

狐(きつね)が答えた。

「ああ、さすがに俺たちの声は聞こえまい」

熊が言った。

「あー、やっぱり地球人の女の子は最高にかわいかったな。見てるだけで元気になれる」

兎が言った。

「動物園こちらって看板出しとくだけで向こうからやってきてくれるってんだからありがたい話だよ」

犬が言った。

「人間とのふれあいタイムが最高だった」

長い舌で口元を舐める。

「あの黒髪の子、肌が塩っぽくておいしかった」

海豹の幼獣が言った。

「おまえ、あんな暗そうな女のどこがいいんだ。金髪の子の方が明らかに美人だった」

「何もわかっちゃいないな、おまえは」と犬は首を横に振った。

「ああいう根暗そうな人間が、俺にだけ心を開いてくれるのがかわいいんだろうが」

「それを言うなら、いかにも気が強そうな金髪の子が、俺をぎゅっと抱きしめてくれてるのもギャップがあってよかっただろうが」

「あんな冷たそうな目をしていて……でも体温は赤ん坊みたいに高かった」

海豹の幼獣はうっとりした目で思い出す。

犬が軽蔑するような視線を向けた。

「キッショ」

即座に海豹の幼獣が言い返す。

「人間を舐めてるテメエには言われたくねぇよ」

「お前が何を言おうと絶対に黒髪の子のがいいね」

「いいや、金髪の方だ」

犬と海豹の幼獣がにらみ合う。

それを仲裁するように、兎がまとめた。

「まあ、なんであれ……」

しみじみと兎は呟く。

「動物と触れ合えて、癒しだったな……」

「ああ、早く次の動物が来てほしいよ」

いやし動物園のみんなは、いやしい目つきで今日も空を見上げている。

# 脂の星

そこは銀河一美しいという噂の星だった。

今、ワタリとリドリーがいるのは高層ビルの立ち並ぶ都会だ。建物を見るだけでもこの星が科学技術に秀でていることが推測できた。

けれど何より驚いたのは、この星の人々の美しいこと。

みんな目が大きく、鼻は高く、顔は小さく、髪は艶やかで、首は細くて、痩せている。

地球のトップモデルなど目ではないような人々ばかりが歩いているのだ。

「…………」

ワタリはいつも以上に小さくなっていた。顔を伏せている。彼女は美しいものを前にすると気後れしてしまうのだ。

「ほほう……」

その一方で、リドリーは美しいものに目がない。街ゆく人々に見惚れていると……。

「あいたっ！」

突如、リドリーの脇腹に鋭い痛みが走った。

「……」

見ればワタリがジトッとした目でリドリーを見つめながら、彼女の脇腹をつねっていた。

ワタリは自信なげに呟く。

「そりゃあ……私は力が強いばっかりで……美しくはないけど……」

リドリーがすぐに宥める。

「いやいや。私は科学的見地から美というものに興味があるだけでね。肉体がどういう比率で構成されれば『美しい』という印象を生み出すのか、興味深いじゃないか」

リドリーは力強い声で続けた。

「私は、ワタリの顔が銀河で一番好きだよ」

それを聞いたワタリは、少し照れた。髪を指でいじりながら言う。

「なら……いいけど……」

「ワタリの顔が銀河で一番美しいよ」とは決して言わないのが、リドリーの科学者然としたところだった。銀河の全てを観測していない以上、銀河一という言葉は主観以外では使えない。

散策を始めた二人は、この星の人々が陽気で活発だと気付いた。

美しい容姿を持っているからか、立ち振る舞いにも自信が満ちているようだ。

「あら、旅の方ね。ようこそ、私たちの星へ」

ブロンドの髪を蓄えた女性が、二人に話しかけてきた。

絵画の人物か、あるいはスーパーモデルのように美しい。

人見知りなワタリがリドリーの背後に隠れたから、愛想（あいそ）のよいリドリーが女性に対応する。

「この子は、人と話すのが苦手でして……」

ブロンドの女性は、遠い目でワタリを見つめていた。

その様子に少し不安になったリドリーが尋ねる。

「あの……不快にさせたなら謝ります」

「ううん……。そんなことないわ。ただ、昔の私を思い出してしまって」

「昔の？」

「ええ。昔の私は自分に自信がなくて……人とうまく喋（しゃべ）れなかったわ。けれど、この星に来て変わったの。特別な薬を飲んで美しい見た目を手に入れたら人生が楽しくなった……」

ブロンドの女性は、二人に言う。

「ねえ、よかったら私にこの星を案内させてくれないかしら。あなたたち……特に後ろの子には、是非この星に住んでもらいたいと思うから」

リドリーは笑顔で答えた。

「ご厚意に甘えさせてください」

リドリーは人の悪意を見抜く観察眼を持っている。

それによると、このブロンドの女性はまったき善意の塊だった。

「私、ワンダよ」

ワンダと名乗ったブロンドの女性が手を差し出してくる。

「私がリドリー。こちらがワタリです」

リドリーが握手に応じた。

ワンダと一緒に街を歩き、ブティックへ入った。

美にこだわる星だからだろう、服飾も多種多様なものが売っている。

三人が入ったのはロリータ系の服が売っている店で、ワンダが先導した。

服を見比べながら、ワンダがぼやく。

「次のライブにはどのお洋服を着ていけばいいかしら……」

「ライブ？」

「ええ、私、アイドルをしているの」

リドリーもワタリもあまり驚かなかった。ワンダの美貌を考えれば、就いていても全く不思議じゃない職業だった。

「まあ、アイドルって言ってもすごい売れているわけではないけどね。趣味の延長で星々にライブを配信してるだけだから。そういう人、この星には多いんだ。私には百人くらいしかファンはいないけど、楽しいよ。二人もこの星に住んだらアイドルになればいいよ」

ワタリが暗い顔をして返事をする。

「私は……遠慮しますかわいくありませんし……」

「大丈夫よ」

ワンダはワタリの肩に手を置く。力強かった。

「この星にはね、飲むだけで美しくなれる薬があるの。あなたは今だって十分かわいいけれど、もっと美しくなれるよ。自分のことが好きになれるくらいに」

「自分のことが好きに……」

その言葉はワタリを惹きつけた。

「自分のことが好きになれれば、着たい服も着られるようになるよ」

このブティックに入ってから、ワタリは一着も洋服を手に取ったりしなかった。どの服もかわいすぎて、自分が着たら申し訳ないと思っていたからだ。

けれど、瞳の動きだけは誤魔化せない。

心の奥底にある「かわいい服を着たい」という願望。

それは、ワタリ自身も気付かないうちに物欲しそうな視線を洋服に向けさせていた。

ワンダはそれを見逃さなかった。かつての彼女も、そうだったからだろう。

二人の間には通じ合うものがあって、人見知りのワタリが少しだが心を開いた。

「じゃあ……」

服がかかっているラックへと向かう。

「このお洋服が……気になっていて……」

それはかわいらしいワンピースドレスだった。ふんだんにあしらわれたレースにフリル。膨らんだスカートはふんわりとしたシルエットを作っている。

普段のワタリなら、口が裂けても「欲しい」などと言えないお洋服。

ワンダが勇気づけるように断言する。

「絶対に似合うようになるわ」

ワタリはその言葉に背中を押された。

「はい……着てみます……！」

服の会計を行う前に、ワタリは少し離れた場所にいたリドリーへと向かった。

リドリーはショッピングに参加していなかった。彼女は良くも悪くも合理主義者で、服なんて着られれば何でもいいと思っている。だから、かわいい服にも興味がなく、離れてワタリの買い物を見守っていたのだ。

ワタリはワンピースドレスを手に、リドリーに尋ねる。

「本当に……私なんかが買っていいと思う？」

リドリーはワタリとドレスを見比べて、言った。

「もちろん。これからもっと美人になるんだろう？」

ただ、とリドリーは寂しそうにつけたした。

「私は、そのままのワタリに着てもらいたいが……」

うっかり本心が漏れたといった感じの言葉だった。

ワタリはその言葉が嬉しかったけれど、やはり今の姿のままで着る勇気はなかった。

（美人になったら……この服を着よう。それでリドリーに一番に見てもらおう）

ワタリはその服を買った。

憧れの服が入ったバッグを持つワタリは、恥ずかしさが混じった……けれど嬉しそうな表情をしていた。そんなワタリを見るのは、リドリーでさえ初めてだった。


ブティックの後は、いよいよ薬屋に向かうことになった。

そこで美しくなる薬がもらえるのだ。

道中では美男美女が野外ライブを行っているのが見えた。ライブを撮影しているのはドローンだ。おそらくは映像は星々に中継されているのだろう。

美男美女たちは眩しい笑顔を浮かべていた。

それを見つめるワタリの目は、もはや遠い者を見るそれではなかった。

自分も同じようになれるのではという期待に満ちている。

そんなワタリを見ているとリドリーは胸の奥がじんわりと温かくなるのを感じた。

「……ワタリが楽しいなら、ここに住むのも悪くないかもしれない」と呟いた。

薬屋に着いた。小洒落た雰囲気の店だった。

「アイドルは副業。ここでの仕事が本業なの。人が美しく羽化する瞬間が好きだから」

ワンダはモニターが付いた大きな機械の前へ二人を案内しようとした。それが美しくなる薬を調合してくれるのである。

だが、ワンダの案内をリドリーは丁寧に断った。

「私は、美しくなる薬は必要ありません」

彼女は自分の容姿に興味がないのだ。特に美醜などどうでもいい。美しくなることで頭がよくなるなら別だっただろうが。

「では、ワタリさん。機械に案内するわね」

「はい！」

案内されたワタリが機械の前に立つ。今の彼女の姿が機械に取り付けられたモニターに表示された。

「『なりたい自分』の姿をデザインすることから始めましょう。この機械の前で、理想の自分を想像してみて。機械がイメージを読み取って、薬を作ってくれるわ」

機械の前でワタリが念じる。

（……もっと目を大きく）

するとモニター内の自分の目が大きくなった。

「わあ……」

ワタリは夢中になって、理想の自分を作り上げていく。

細く、背は高く、足は長く、顔は小さく、鼻は高く。

ワタリはモニターに映る自分の顔を、体を、次々に変えていく。

それを横から見ていたリドリーはつい思ってしまう。

（そのままが一番かわいいんだけどなぁ……）

けれど、それを口にすることはない。

ワタリ自身が変わることを望んでいるからだ。ワタリにはワタリの望みがあり、コンプレックスがある。それは他人がとやかく言うものではないのだ。

リドリーは離れたところにある洗練されたデザインのソファに座って、携帯ゲームをプレイし始めた。一緒にモニターを見ていたら口出ししてしまいそうだった。

五時間が経（た）った。

ようやくワタリが理想の自分をメイキングし終えた。

「待たせてごめんね、リドリー。やっとできたよ」

「うん、どれどれ……」

ゲームをしまって、モニターを覗（のぞ）き込む。

「うげっ！」

リドリーは思わず顔をしかめ、潰されたカエルみたいな呻き声を出した。

「おいおいおいおい！　なんだい、これは。化け物じゃないか！」

リドリーはモニターに映っている理想のワタリを指差す。

だが、ワタリには何のことだかわからないらしく、小首をかしげている。

「言わなきゃわかんないのかい。じゃあ、言うよ。なんだい、この馬鹿みたいにでかい目は、シュメール人かと思ったぜ。続けてこの小さな顎、物が嚙めるか怪しいぞ。そしてこの顔の白さ、周囲の光を全て反射しているのか？　手足の細さはなんだ、ガガンボの擬人化ってことならよくできているよ。腰も細すぎて、内臓が入る余地がない。他にもまだまだあるが、きりがないぞ！」

リドリーはワタリに詰め寄る。

そしてワタリの顔を両手でつかむと、ずいと自分の顔を近づけた。

リドリーは、ワタリの目を至近距離で見つめて言った。

「その奥二重を、血の通った色合いの肌を、柔らかそうなほっぺを、ほくろのある顎を、健康的な肉付きの手足を！　なくすなんてもったいないぞ。こんなに……こんなに魅力的な自然美なのに！」

ワタリがなりたい姿になろうとしているのに口出しをするつもりは全くなかった。それなのに、迸る感情が止まらない。

「私はそのままのワタリが大好きなんだよ」

「リドリー……」

だが、ワタリは不覚にも少しときめいてしまうのを感じた。

ワタリは、奥二重をはじめとする自分の特徴をひとつだって気に入っていない。だから褒められたって嬉しくはないのだが、リドリーが本気で自分の容姿を気に入ってくれていることが伝わってきたのがたまらなかったのだ。

でも、それはそれだ。

「リドリーにはわからないよ」

「わかるとも！　この理想図がおかしいことくらい……」

「だって、リドリーは美人だもの！」

それでリドリーは口を噤んだ。

そうなのだ。

リドリーは、美人なのだ。

体を弄らなくても、この星の住人たちと張り合えるくらいに美しいのだ。

リドリーだって、そのことは自覚している。町を歩く度に男に声をかけられていれば、いやでも自覚する。客観的事実として。

「だから、リドリーには私の苦しみはわからないよ……」

「私が美しいばっかりに……君を止められないとは……」

リドリーは潔く引いた。

客観的事実として自分は美人だ。容姿のせいで苦しんだ記憶はない。ならばいくら想像力を働かせても、ワタリの気持ちはわからない。

頃合いを見計らったワンダが会話に入ってくる。

「じゃあ、これで完了でいいかしら」

ワタリは頷いた。

「薬を作るわね」

ワンダが機械を操作すると、下側についた取り出し口から、緑の薬品が入った小瓶が出てきた。

ワンダがそれをワタリに渡す。

「それを飲めば、さっき思い描いた自分になれるわ」

ワタリが顔を輝かせる。

「じゃあ、早速……！」

その時、ぼーんぼーんという音がした。

どうやら街の中央にある鐘が鳴ったようだった。

「いけない、もう時間だわ」

窓の外の人々が慌ただしく動き出すのが見えた。
ライブや中継を行っていた美男美女が急いで撮影を終える。
ただならぬ様子なのが伝わってきて、ワタリとリドリーは戸惑う。
「いったい何が……」
街が暗くなった。
地球で言うところの太陽に相当する星が沈んだのだ。
光が消える。
途端、ワンダの肉体が崩れ始めた。
どろどろと蕩(とろ)けていく。背が縮んでいく。
まるで液体になってしまったように二人には見えていた。
ワンダがいた場所には、半液状の……スライムのようなものがいるだけだった。
「ワンダさん⁉」
ワタリが駆け寄る。
そのスライムのようなものはピンクがかった肌色をしていた。
リドリーがそれを観察した。
「これは……脂肪だ。ぶよぶよの脂肪……」
脂肪が蠢(うごめ)きながら答えた。

「心配しないで。いつものことだから」

どうやら見かけこそ変わったもののワンダは無事らしい。

「いつものことって……？」

幾重にも重なった脂肪、その隙間から目が覗いている。よく見ないとわからない小さな目だった。

ワンダの目は、ワタリの手にある小瓶を見つめていた。

「その薬の唯一の副作用ね。日の光を浴びている間しか、美しい姿は維持できないの。街灯の明かりとかじゃダメ」

ふと窓の外を見る。

町にたくさんいた美男美女は一人も残っていない。みんな醜い脂肪の塊へと変わっていた。脂肪たちが這うように動いていく。皆、逃げるように近くの建物へと入っていく。

「この星の人々は、日が沈んだら眠るのよ。この体では大したこともできないしね」

リドリーがワタリに言う。

「ワタリ、その薬を捨てよう。飲んじゃだめだ」

ワンダが素っ頓狂な声を出す。

「あら、どうして？」

「だって、そうでしょう。この薬で手に入れられるのは偽物の美です。白昼夢に過ぎない」

「それの何が悪いの？　私はこの美を偽物とは思わない。たとえ昼間だけの美だとしても、それは私の体が宿した美だわ。偽物だなんて言わせない。私はこの体になっても困ったことなんて一度もないわ。さっきも言ったけど、日が沈んだ後に寝てしまえば、活動している時間のほとんどは美人でいられるし」

リドリーは口ごもった。珍しく言い負かされたのだ。

リドリーはワタリに薬を飲んでもらいたくないと思っている。あんな脂肪のお化けになってほしくない。だが、それは嫌悪という感情に由来するものだ。「私が嫌いだからやめて」以上のことをワタリに言えそうになかった。そして、情に訴えるような説得は、リドリーが最も忌避するものだった。

「………………」

リドリーの沈痛な沈黙で、眼下にいる脂肪の皺が動いた。

ワンダが笑ったのだ。

「よかった。リドリーさんは納得してくれたみたい」

小瓶を手にしたワタリが言う。

「私も、ワンダさんの言うことに賛成です。自分の体を変えるのだから、昼間だけの美でもそれは本物だと思います。私は、醜い自分の体が嫌いです。鏡を見る度に気が滅入る……」

「じゃあ、薬を飲みましょう」

脂肪から穏やかな声が響いた。

「ようこそ、私たちの星へ」


馬車が星を出る。

「どうして薬を飲まなかったんだい」

リドリーの隣にはワタリがいた。美人でも脂肪でもない、いつもの姿のワタリだ。

「私、醜い自分の姿が嫌いだから」

「だったら、なおさら飲むべきだったんじゃないか」

飲んでくれなくてよかったと思っているが、言ってることとやってることの矛盾は指摘せざるを得ない。

「もし、夜になって……ふと鏡に映る自分の姿が目に入っちゃったら……」

今より更に醜くなった自分を見てしまったら。

「本気で死にたくなるだろうなって、思ったんだ」

今、窓ガラスに映っている自分の顔を見るだけで、うんざりするのに。

馬車は星を遠ざかる。

窓からその星を見つめるワタリには、まだ少し未練があった。

目が大きく、顔が小さく、手足が細い自分への未練が。

だから、ワタリは突然馬車の窓を開けると何かを放り捨てた。

あの星で買ってきたかわいらしいワンピースドレスだった。

「ああ、もったいない……」

リドリーがぼやいたが気に留めない。

どうせ自分には着られないのだ。

服が銀河の闇に呑まれて消えていく。

服と一緒に美しい自分への未練も、闇が呑み込んでくれる気がした。

# 誘の星

ワタリとリドリーが降り立ったその星は、これまで彼女たちが訪れた中で間違いなく最高の環境だった。

「水がある、空気がある、植物がある」

そこは神話に聞く楽園エデンをほうふつとさせる場所だった。

青々と広がる草原、流れる川は清らか、点在する木々には彩り(いろど)のよい果物が生(な)っている。

リドリーが危険を感知する装置を取り出す。手のひらサイズのお皿のような機械だ。そこにサンプルを載せると、すぐに人体にとって有害かどうかを調べてくれる。

それで川の水と果物の安全性を調べると……。

「オールグリーンだ」

川の水を飲む。冷たくておいしかった。仄(ほの)かにさわやかな風味がある。

果物を齧(かじ)る。脳が痺(しび)れるような甘さが口いっぱいに広がった。

「最高の星だ」

「ここでなら生きていけそうだね」とワタリが言う。

リドリーも頷(うなず)いたが……。

「少し気がかりなことがある」

「何？」

「大気中を極小の種子が漂っている。金属に宿るようだ」

「金属に……」

「どうやらヤドリギに近い植物みたいだね。金属を糧（かて）に成長する」

ワタリはドレスの下に無数の武器を内蔵している。

「武器が食べられちゃうってこと？」

「それだけじゃない」

リドリーは宇宙船である馬車を見つめる。

「馬車も苗床にされてしまうだろう」

「そ、それじゃあすぐに脱出しないと……」

「まあ待て。幸いにしてそこまで強力な種子じゃないみたいだ。馬車をお釈迦（しゃか）にするまで最低でも一週間はかかるだろう。それまでこの星を見て回ろうじゃないか」

「それだけあるなら……」とワタリは安堵（あんど）する。

「それに馬車がお釈迦（しゃか）になったって問題ないかもしれないぞ。この星に永住するんならね」

リドリーは馬車を小物入れに収納する。この小物入れも一週間後には機能しなくなっているだろう。

ちょっと変な星だった。

「見て、牛と豚がいる」

丸々と太った牛と豚が草を食んでいる。それはもう風船のように丸い。

「それだけじゃない。鶏もいる」

その鶏が変だった。牛や豚と同様に丸々と太っているうえに羽が六本あった。

羽毛に覆われてよく見えないが、手羽肉もムチムチしているようだ。

「この星の独自の生態系なんだろうか……」

訝しみながら二人は歩き続ける。

しばらく進むと金属の残骸を見つけた。

どうやら宇宙船のようだ。完全に緑に覆われている。例のヤドリギのような植物の苗床になった後なのだろう。金属部分は激しく劣化していた。

「宇宙船があるということは……」

二人は警戒する。

「先客がいるようだな」

さらに歩くと、木でできた小屋が見つかった。

それも一つや二つではない。無数にだ。木の小屋だけでなく藁の家もある。

そこは村だった。それも地球人が暮らす村だ。

村の若い男がリドリーとワタリに気付いた。でっぷりと太った男だった。

太った男は村中に呼びかけた。

「新しい移住者だぞ！」

呼びかけに応じて、たくさんの人がやってきた。わらわらとリドリーたちに群がってくる。

ワタリがひときわ強く警戒したが、杞憂だった。村人たちは心から二人を歓迎したのだ。

ただ、出てきた地球人がみんな丸々と太っていたから、二人は押しつぶされそうになってしまった。

「よくぞ来られた、新たな友よ」

「ささ、どうぞこちらへ。腕によりをかけた料理で歓迎します」

ワタリがリドリーを見る。「どうしようか……？」

「御相伴にあずかろう。この星について聞きたいしね」

二人は村の中で一番大きな家に案内された。

四十代くらいの男が二人を出迎えた。彼がこの家の主らしい。

「ようこそいらっしゃいました。私はここの村長です」

村長もまた力士のように太っている。

男は二人に握手を求めた。差し出されたクロワッサンのような手を二人は握り返す。

村長は料理で二人をもてなした。

野菜や穀物でできた料理と果物のデザートが二人にふるまわれた。

「お肉もありますよ」

村長が供してくれたのは、焼いた牛肉だった。そのおいしいこと。噛(か)む度に肉の旨味(うまみ)が染(し)み出してくる。肉の弾力も程よい。

ワタリが頬に手を当てて身悶(みもだ)えした。

「こんなにおいしいお肉！　初めて食べたかも」

「地球のお肉よりおいしい」

舌鼓(したつづみ)を打っている二人に男が言う。

「どうぞ、たくさんお食べください。この星には牛も豚も鶏もたくさんいますからね」

「来る途中で見かけたあれらは、あなたたちの家畜ですか？」

いえいえと村長は首を振る。

「あの牛たちは初めからこの星に住んでいたのです。私たちがここにやってきた時から」

「初めから……」

村長は彼らがこの星に来た経緯を説明してくれた。

彼を始めとする村の人々は、地球が住めなくなって星を出た後にすぐにここを見つけることができたのだという。

「肉だけでなく果物も地球人が食べるのに適している。牛たちも人間たちを一切警戒しないのです。おそらくは天敵のいない環境だからだと思います」

「羽が六本ある鶏などは品種改良で生んだのかと思いましたが……」

「違いますよ。最初からああです。自然とは不思議ですね。我々に食われるために生まれてきたような造形ですよ。なんであれ、こんなにも地球人におあつらえ向きな星を見つけられるとは幸運でした」

「地球を出てすぐにこの星を見つけられたと仰いましたね」

「ええ」

「ならあなたたちはこの星には何年も住んでいるわけですね。何か不自由はありませんでしたか？」

リドリーがこう聞くのは、この星への移住を考えているからだ。

「不自由など何も。厳密に言えば例の種子のせいで金属の類が扱えないのが不自由なのかもしれませんが、それは贅沢というものでしょう。これだけ食べ物と飲み水に恵まれた星なのですから」

「その通りですね」

「私たちはここを第二の地球にしようと思っています。この村を起点に地球人を増やしていきたいのです。ぜひお二人にもここに住んでいただきたい。きっと気に入ると思いますよ。村のみんなは気のいい連中ですしね」

　村人たちは確かにみんな穏和そうだった。それは先の歓迎ぶりからわかる。

「気候はどうですか？　極端に寒くなったり暑くなったりなんてことは……」

「ありませんよ。年中暮らしやすい暖かさです」

「完璧だね、リドリー」

　大食らいのワタリががつがつと料理を流し込みながら言う。

「ここに住むしかないよ。やっと私たちの旅も終わったんだね」

　だが、リドリーは答えない。口元に手を当てて思案している。

　リドリーは村長に言った。

「少し考えさせてください」

　村長は快く了承した。

「じっくりお考え下さい。考えれば考えるほど、ここに住むしかないとお分かりになるでしょうから」


　それから二人は三日ほどを村で過ごした。

　楽しい日々だった。衣食住への不満はない。人々は優しい。

　が、ちょっとおかしなことがあった。

「ワタリ、お前ちょっと丸くなってないか」

ワタリの顔が丸くなっている。それだけではない。横幅も少し大きくなっている。

ワタリが焦って否定した。

「ええっ？　リドリーの勘違いだよ？」

「勘違いなわけあるか、ほら」

リドリーはワタリに抱き着いた。

「ほら、いつもよりふわふわしている」

言いながらワタリの体を揉みしだく。ワタリは揉みしだけるようになっていた。

「そんなことないって……」

「まあ、マシュマロみたいになったワタリにもそれはそれで愛でようがある……」

リドリーの細い指がワタリのお腹を、頬を、ふにふにと突っつく。

ひとしきりふにふにした後、リドリーはワタリから離れた。

「たくさん食べる君が好きだよ」

「そ……そう？」

ワタリはもとより大食らいだが、ここにきて食欲に拍車がかかっていた。

全てはこの星の食材があまりにおいしいせいだった。

「まあ、太ってきたのは君だけじゃない。私も私でこの三日で一キロほど体重が増えているんだ」

「リドリーはそんなにたくさんご飯を食べてないのに……？」

「ああ、もしかしたら食材に何かあるのかもしれない」

リドリーは手近な木に生っていた果物をもぎ取る。そしてポーチの中から小さな箱のようなものを取り出した。

「この箱は、入れた物体の成分を分析できる」

箱の中にもぎ取った果物——林檎に似ている——を入れる。ほどなくして結果が出た。

箱に搭載されたモニターに計測結果が出た。

人体に有害な物質は全くない。それどころか栄養価が極めて高い。

けれど、驚愕すべきはカロリーの数値だ。

「三千キロカロリー⁉」

見た目はただの林檎にしか見えないのに、なんとカロリーがラーメン五食分もある！

「これは太るわけだよ」

リドリーたちは村人たちが全員太っていた理由を理解した。

「まあ、カロリーの値はおいしさの値っていうしね」

ワタリは楽天的だった。

「それにカロリー不足で苦しむよりずっといいでしょ」

「まあ、そうだが……」

　けれどリドリーは納得がいかないような顔をして思案している。

　だからワタリが尋ねた。

「何をそんなに迷っているの？」

　ワタリはもうここに住みたい気持ちになっていた。

「これだけ好条件な星、なかったよ。迷うことなんてないのに」

　リドリーは言った。

「好条件すぎる」

　リドリーが気にかかっているのはそこだった。彼女は疑(うたぐ)り深(ぶか)い性格だった。

「私は性格が悪いからね。ここまで至れり尽くせりだと、何か裏があるんじゃないかと思ってしまうんだ」

「それは、村の人たちが私たちを騙(だま)し討ちにしようとしているってこと？」

「あるいはそうかもしれないが……」

「そんな風に見える？」

「見えない……」

　リドリーには人を見る目がある。相対している人間が自分たちに悪意があるかどうかはおおよそわかる。三日も村で過ごしたならなおさらだ。

その彼女の観察眼が、村人たちを善人と告げている。

「村人が騙し討ちにしないって言うなら、誰が騙し討ちにするっていうの？」

リドリーは答えられない。

ここには地球人以外の知的生命体がいないのだ。

「リドリー、警戒しすぎだよ」

「そうかもしれない……」

二人の旅はあまりに騙されることが多かったせいだ。

「もう少しここで過ごせば、リドリーの不安もなくなるよ」

「……そうかもね。ワタリを信じよう」

二人はさらに村で過ごした。

村から離れたところも調査してみた。

小物入れから馬車を出す。少し緑が絡みついている馬車で星をぐるりと回ってみる。

小さな星だから、すぐに一周できた。

星のほとんどは緑に覆われていて、そこかしこにやはり肉付きのいい牛たちがいた。

村もいくつかあった。やはりでっぷりとした地球人が無数に住んでいた。おそらくは最初に訪れた村と同様の経緯で生まれた村だろう。

あるところには火山地帯があった。

大きな火山が群れるようにそびえている。

さすがにその周囲には人も動物もいなかった。

空を飛んでいる馬車から火山地帯を見下ろす。

噴火口の奥で炎がちらついているのが見えた。


星に来て五日目の晩、眠っているワタリをリドリーが揺さぶり起こした。

「ワタリ、ワタリ」

「何、こんな遅くに……」

目を擦りながらワタリが目覚める。

「やっぱりここを出よう。嫌な予感がする」

「なんで？　また星を巡って酷い目に遭うのは嫌だよ」

「私だって嫌だ。でも……」

「でも、何？」

「どうしても気持ち悪くて……。地球人に都合よすぎないか……」

「リドリー、らしくないね。いつもならダメな理由をきっぱり言うでしょ」

リドリーは珍しく気弱な目でワタリを見つめた。

「だって、根拠がないんだ……。きっぱりと言えるわけがない……」

「きっぱり言ってよ」

リドリーは黙った。黙るほかなかった。

「リドリーがきっぱり言ってくれるまで動かないよ」

リドリーはうまく言葉が出てこない。「しかし……確定情報は……」

「そうじゃなくて」

リドリーにワタリが言った。

「ただ一言『私を信じろ』ってきっぱり言ってくれればいいんだよ」

リドリーは驚いて目を見開く。

「そんなことで……？　その言葉には根拠なんて……」

「あるよ。私は宇宙で一番、リドリーを信じているから」

ワタリの言葉にリドリーは勇気づけられる思いがした。

「星を出るぞ、ワタリ。私を信じろ」

「うん……！」

リドリーに手を引かれて、ワタリは村を出る。

小物入れから取り出した馬車にはあちこちからヤドリギが生えていて、金属の劣化も始まっていた。あと少し遅ければ航行はできなくなっていたに違いない。

「宇宙空間に出れば、このヤドリギも死ぬだろう」

二人は馬車に乗り込むと、その星を後にした。

リドリーとワタリは去った。

夜空を駆ける馬車を見送って村長が言った。

「あーあ、出ていくなんて。馬鹿な選択をしたもんだ」

この星以上に人類の生存に適した場所などないというのに。

だが、その瞬間にそれは起こった。

立っていられないほどの大きな地響き。

火山地帯の火山が一斉に噴火したのだ。

否、それは火山ではなかった。

超巨大なエンジンの群れである。

エンジンが火を噴いて、星ごと動き出す。

星が向かうのは、とある星人が住んでいる別の星。

そこには人食いの超高度知的生命体が住んでいる。

理想的な環境のその星は、いわば誘蛾灯(ゆうがとう)だった。

果物も、水も、肉も。

彼らの大好物である地球人を誘い、そして肥え太らせるために準備されたものである。

異変に気付いた村長たちが星を脱しようとしたがもう遅い。
彼らの宇宙船には、人食い生命体がばらまいておいたヤドリギの花が咲いていた。

# 罪の星

いつものように宇宙を馬車で駆けていると小さな宇宙船が漂流しているのを見つけた。

その宇宙船はちかちかと赤いランプを点滅させていた。それはこの銀河において共通の救難信号だ。

「助けよう」

ワタリとリドリーはその宇宙船に近づき、ハッチを開けに向かった。普通ならばハッチを開けた途端、船内の空気が漏れ出して中の生き物が死んでしまうだろうが、リドリーの馬車にその心配はない。彼女の開発した馬車は周囲数メートルの範囲にわたって気圧や大気、温度が適切になるように調節してくれるのである。だから、彼女の馬車は宇宙で窓を開けて外の景色を眺めることすらできるのだ。眺めたい景色が宇宙の暗闇にあるかは別として。

リドリーが救難信号を出している宇宙船のハッチを開けた。

「うわっ……！」

途端、異臭が立ち込める。

その船内にいた生き物を見て、リドリーとワタリは呻いた。

それは胸の悪くなるような生き物だった。一見しただけでは黒い何かに見えるのだが、その黒さが不潔極まりない。まるで汚れを何重にも重ね塗りしたかのようだ。臭いもひどい。吐瀉物のように饐えた悪臭に思わずワタリは吐きそうになる。

「これって……腐乱死体？」

鼻を覆いながらリドリーが答える。

「そうだろうな。何か緊急事態が起きて救難信号を出して宇宙をさまよったものの、そのまま死んでしまったといったところか」

リドリーはハッチを閉めようとした。死んでいるのでは助けようもない。

が、その瞬間、リドリーの手に黒い何かがまとわりついた。

「ひっ……」

腐乱死体が動いていた。そしてリドリーの腕を摑んだのである。

ワタリがおびえる。「お、お化け……」

そこで微かに声が聞こえてきた。ささやきのように小さな声量だった。それは聞き取りづらい声で、けれど確かにこう言っていた。

「助けて……」

リドリーが生唾を飲み込む。

「まさか……」

腐乱死体の頭部と思しきところ——真っ黒でよくわからないのだが——を、その目があるであろう部位を凝視した。

そして、気付いた。

「こいつ、生きている！　それだけじゃない！　地球人だぞ！」

真っ黒の中にかすかに見える目、その瞳孔の動きは間違いなく地球人のそれだった。


二人は腐乱死体のようなその地球人を馬車へと迎え入れた。

その地球人は男性で、ひどく衰弱していた。

「何も食べられていないようだ」

男の両腕をリドリーは観察する。そこにもやはり真っ黒な汚れのようなものがこびりついている。これでは何も掴めないだろう。手としての機能は果たせまい。

口もそうだ。こびりついた汚れが蓋をしている。これではほとんど声が出せないし、何も食べられまい。

リドリーが呟く。

「どこかの星で病気に感染したのか……？」

これがウイルスによるものだとしても、リドリーとワタリが感染する恐れはない。この馬車の中では人体に有害な病原菌は自動的に滅菌されるのだ。

「とりあえず手術をしよう」

リドリーは医療の技術を持ち合わせており、馬車には外科手術のための設備もある。

「体表にこびりついている汚れ全てを外科的に取り除く」

リドリーは男に麻酔をかけると、すぐに手術に取り掛かった。

手術を始めてすぐに、黒い汚れの正体は分かった。

「これは皮膚が変質したものだ」

表皮が真っ黒で硬い何かに変わっているのだと判明した。

「つまり皮膚病の一種なのかな」

手術自体は比較的容易だった。病気の侵食は表皮だけにとどまっていたためだ。これがもっと深部に至っていたら手の打ちようがなかっただろう。変質した表皮をレーザーによって焼いていく。悪臭の源もその汚れだったから、術後には男は無臭になっていた。黒い部分を焼き切られた後の皮膚には、快癒レーザーが照射された。男の肌はたちまちにきれいに再生されていく。

患部の除去を終えた後に、リドリーはちょっとにやけた。

「ほう……」

腐乱死体のようだった男が、美青年に変わっていたからだ。

「まさかあの汚れの下からこんな美しいものが出てくるとは」

リドリーは美しいものが好きだ。男の端正な顔立ちはまるでギリシャの彫刻のようでつい見惚れてしまった。見惚れてしまっていることに気付いてリドリーは自分の頬を軽く叩いた。

「いけないいけない」

リドリーは最後に男に栄養剤を点滴して、手術を終えた。

リドリーの術後フォローは完璧だったので、男は麻酔が切れた後にすぐに動くことさえできた。

「私は生きているんですか……」と男はつぶやいた。

男は自分の手を見つめた。

「手が戻ってる……。それだけじゃない。全身が……」

「私が手術したんだよ」とリドリーがちょっと自慢気に言う。

「ありがとうございます。あなたはお医者様だったのですね」

「いや、通りすがりの天才美少女さ」

リドリーとワタリは男を食堂に招くと、食べ物を与えた。

与えたのはあまりおいしくない健康食だったが、男はご馳走のようにがっついた。口の周りを汚しながら、改めて二人に感謝をする。

「本当にありがとうございます。お二人がいなければどうなっていたことか……」

「かまいませんよ。同じ地球人同士ですから。助け合いですよ」

答えながらリドリーは男の顔をじっと見つめていた。なかなかどうして、いい顔をしている。

リドリーの理想とする男性美を体現したかのような顔立ちだ。

(眼福眼福。助けてよかった)

自分を見つめているリドリーに男は尋ねた。

「私は医者ではないが……うーん、君の病気はいったい何だったんでしょう」

「お医者様でもわからない病気ですか……」

「うん。大変興味深いことにね、君の体内から原因となりそうなウイルスの類は見つからなかった」

「え、てっきり悪いウイルスに感染して、体が変化したのかと思っていたんですが」

「私もそう思っていたよ。けれど、そぎ落とした体細胞をどれだけ調べても、それらしきものは見つからなかった」

「じゃあ……わからないってことですか。どうしてあんなことになったのか」

「いや、まったくわからないとも言えない。君の病気は、もしかすると精神的なものだったのかもしれない」

「精神的な……?」

「うん。何かしらの精神的な不調が、体に影響を及ぼしていたのかもしれない……というのが私の仮説なんだ。ノセボ効果の超強力なものと考えてくれればいい」

「そんな……ありえるでしょうか。多少の変化ならわかりますが……あんな、全身に変化を及ぼすような影響が精神的な理由だなんて……」

「あるかもしれないよ。二十三世紀を目前に控えた現代でも人体の神秘が全て解き明かされたとは言えないからね」

「まあ、お医者様がそういうならそうなんでしょうね」

「医者じゃない。天才だ。それよりも何か心当たりはないのかい？」

「心当たり？」

「精神的な不調の心当たりだよ。私が興味があるのはそこでね。一体どんな心理的負荷があればあんな肉体の変化を起こせるのか……」

「うーん……」

男は腕を組んでしばらく思案した。しかし、何も思いつかないようだった。

「お力になりたいのですが……生憎、私は地球でも銀河でも結構楽しく生きてきたんですよ。だから、心理的負荷とか精神的抑圧とかは無縁だと思うんですがね……」

「そうかい。それは残念。でも、もしかすると自覚がないだけで、何かに思い詰めているのかもしれないよ」

「そんなものですかねぇ……」

「君のことをもっと知れば、何か摑めるかも。地球や宇宙では何をして過ごしていたのかな?」

「特段何もないですねぇ。安住のための星を巡って旅をしていて……。時々異星人と戦闘になることがあって……。あ、ひとつだけ、特徴的といえば特徴的な癖がありますかねぇ」

「どんな癖だい?」

「女の子に目がないんです」

男は宝石のように澄み切った瞳でリドリーを見て、囁くように言った。

「特に、あなたのような美しい女性には。あなたはよく似ているんです、地球で大好きだった女の子に」

リドリーはにんまりと笑った。

「いいね。美形に口説かれるのは気分がいい」

男はリドリーの首元を見つめて言う。

「では、後ほどあなたのお部屋に……」

「勘弁してくれ。もう心に決めた相手がいるんでね」

「それは残念……」

男はがっかりしたようにため息をついた。

だが、リドリーを見るその目は微かにぎらついていた。

それから数時間後、就寝の時間がやってきてリドリーとワタリは各々の部屋で寝た。男にも船内の一室があてがわれた。リドリーの馬車の内部は多次元構造になっていて、外からの見かけよりずっと広いのだった。

みんなが寝る時間になっても船内を徘徊する影があった。

例の男だった。

男はリドリーの部屋に入ろうとしていた。

リドリーの部屋の扉に手をかける。開けようとしたのだが硬く施錠されていてどうしようもない。男は力業で扉をこじ開けようとしたがそれもダメだった。リドリーの部屋の扉は極めて頑丈で、ミサイルを撃ち込んでも破壊することはできない。ワタリの馬鹿力ですら開けることはできないほどなのだ。

だが、そこで男は驚くべき行動に出た。馬車の窓から外に出たのである。

馬車の周囲は大気等々が自動で調整されているので、外に出ても男が死ぬことはなかった。

男はロッククライミングをするように馬車の壁を伝っていく。馬車のわずかなとっかかりや溝に指を引っ掻けて、進んでいく。恐ろしい筋力である。

とうとうリドリーの部屋の窓へとやってきた。

男は窓に静かにこぶしを打ち付けた。それで窓にひびが入る。リドリーの部屋の窓は強化ガラスなのだが、それを男は素手で割った。この男はただの地球人ではなかった。地球で起きた大きな戦争に際して、肉体を改造された兵士なのだ。そのため、驚くべき身体能力を有していたのである。

窓に空いた穴から手を差し入れて、施錠を解除する。そして窓を開けると、リドリーの部屋に侵入した。

リドリーはすやすやと眠っていた。無防備極まる姿。さすがの彼女もまさか宇宙を航行中の馬車の壁を伝って自分の部屋に入ってくる人間がいるとは思っていなかったのだ。

纏っているラフな夜着が少しはだけていた。迫りくる男の影に気付く様子はない。

男がベッドの上に乗る。ぎいという音が鳴ってベッドが軋んだが、それでもリドリーは起きない。彼女は一度眠ってしまうと、よほどのことがない限り起きない。

だから、ようやく目覚めたときには彼女は絶望的な状況に陥っていた。

「ぐ……く……」

喉の痛みと暴力的な息苦しさが、リドリーの意思を乱暴に覚醒させる。

目覚めると暗がりの中で男が自分の上にまたがっている。大きな手が、リドリーの細い首を絞めていた。

「が……か……」

声が出ない。男の太い指で気道を圧迫されているせいだ。

男は獰猛な目つきでリドリーを見下ろしていった。

「私は女の子に目がないんです」

男は熱っぽい視線でリドリーの細い首を見つめた。

「思い出しますよ、あなたの綺麗な首筋。地球で殺した最後の女の子が同じ首をしてました。見惚れちゃうほど美しくてね。まだ十歳くらいだったんじゃないですかね。紛争地域で見かけたんですけど。思い出すなぁ、指が細い首に食い込む感触……柔らかさ。あの子を殺したのが一番の思い出です」

男の言葉でリドリーは理解する。

（こいつ、まさか快楽殺人鬼か……！）

「地球でも宇宙でも楽しく過ごしてたって言ったでしょう？　幸せだったなぁ、旅先の女の子を殺して回ってね。地球人も異星人も殺したなぁ。でも、例の病気が発症してからはご無沙汰だ。体が動かなくなってしまいましたからね。だから……食堂であなたを見て……その白い首を見て……興奮しちゃって……」

男は一層強く首を絞める。愛おしむような、それでいて獰猛な手つきだった。

「紛争地域のあの子がもし生きてたら……あなたとそっくりに育ったでしょうね。うふふ、もう一度あの子を殺せるなんて。私は幸せ者ですよ」

リドリーはもがいた。首を絞めつける腕を外そうとひっかく。だが、びくともしない。リドリーは頭こそいいが、体は虚弱な女の子なのだ。肉体を強化された軍人の男に勝てるわけがない。

「ワ……わがっ……」

ワタリに助けを求めようとしたが、声も出ない。

苦しい。苦しい。苦しい。顔が熱い。涙が出てくる。

「ぐふ」

口の端でよだれの泡がはじけた。

「そうです。その表情ですよ。もっと苦痛にゆがんだ顔を見せてください！」

男は美しい顔を醜くゆがませて笑った。男の指がさらに深く、リドリーの白い喉に食い込む。彼我の筋肉量の差は如何(いかん)ともしがたい。

「がひゅ……」

頭がぼーっとしてきた。それだけではない。恐ろしいことに苦しくなってきた。それどころか、体がふわふわしてきて少し心地いい。それでリドリーは一層焦(あせ)った。嫌な感じのするこの快感は酸素欠乏症に特有の症状なのだと彼女は知っていた。

(死ねない。死ねない。ワタリ。ワタリ)

死の直前に思ったのはワタリのことだった。それは彼女に助けを求めている気持ちからだけではない。一緒に安息の星を見つけると決めたのだ。なのに、私が脱落するわけには。彼女を悲しませるわけには。

だが、意思とは裏腹に体は自由を失っていく。懸命に男の腕をひっかいていた指が、ぱたりと折れて、シーツの上に倒れた。

（あ……ダメだ。死ぬ）

覆いかぶさっている男が狂喜する。

「ああ、死ぬ。いよいよ死ぬんですね、あなたは。かわいい、かわいいですよあなた」

もうどうしようもなくなった。指先はびくびくと痙攣するだけで、しかし足の方は逆に筋肉が硬直したようにぴんと張っている。どちらも自分の体の部位でありながら、自分の意思の下にない。もはや自由に動かせるのは目玉ばかりなのだが、その視界すら暗くなってきた。酸素が足りないのか。あと十秒もすれば自分の生命活動は停止する。

（こんなところで……）

なんとなく自分は派手に死ぬと思っていた。どこかの星で果てるにしても、ドラマチックな散り際だろうと思っていた。それはこれまで様々な星で冒険をしてきたから、終わるにしても冒険の締めくくりに相応しいものが待っている気がしていたのだ。

だが、どうやらそうではないらしい。

自分は静かに死んでいく。喉を絞められて声の一つすら上げられず。相棒にすら死ぬことに気付かれることなく。リドリーは突然悟った。自分の死はどうやらただの現象らしい。水滴が気化して見えなくなるのと同じくらいに、この世界でありふれた現象の一つ。それが途方もなく恐ろしかった。今こんなに苦しくて怖いのに、それがありふれた現象に過ぎないなんて。こんなに頑張って生きてきたのに、どこにでもある現象の一つとして死んでいくなんて。死というものの無情さを感じずにはいられなかった。死とはまったく劇的なものではなくて、沈黙して忍び寄る現象なのだ。

そういう恐怖を身に感じてなお、リドリーは訪れる死を静かに受け入れるしかなかった。

リドリーの瞳に現れた色は、絶望だった。それは恐怖の先にあるものだった。がらんどうで、真っ暗な瞳である。

だが、男の眼は対照的にギラギラとしていた。薄闇の中にあって、それは不気味なほどに輝いている。それはリドリーの瞳の絶望を見て取ったからだった。彼は女の子のそういう瞳が見たくて、殺しをしているのだ。この瞬間のために生きているのだった。狂暴で醜悪な笑みをリドリーに向けていた。

が、そこで異変が起きた。

「⁉　な、これは！」

男は戸惑い叫ぶとともに、リドリーの首から手を離した。

「げほ！　は……！　はぁ……！」

突然、解放されてリドリーはせき込む。喉が痛くなるほど呼吸をして、懸命に酸素を取り入れる。わけがわからないがどうにか一命をとりとめたようだった。

「ああ！　うあ！　うわああああああああ！」

男が狂乱しているが、リドリーもリドリーで酸素を取り込むことに必死だった。だがそんな状況でありながらリドリーは男から目を離せなかった。

男の体が染まっていくのだ。

黒く、黒く、黒く。

それは指先から始まって、手の甲まで伸び、腕を這（は）い、胸へと広がっていった。

まるで罪を犯す男を咎（とが）めるかのように。

事実、その黒い戒めによって男はもうリドリーを襲うことはできなくなった。黒い汚れがたくさんこびりついた腕は、もはや機能を失っていた。

「あ……わ……うあ……」

男の声が小さくなっていく。汚れに口がふさがれたのだ。

そしてリドリーは絶句した。

男の姿が完全に別のものに変わったからだ。

今、彼女の目の前にあるのは、救難信号を出していた宇宙船にいた腐乱死体。

宝石のように美しい男は影も形もない。

「う……」

ゆっくりとうごめくことしかできない男は部屋に異臭を漂わせている。

「助けて……」

か弱いつぶやきが聞こえてくる。

縋りついてこようとする男からリドリーは離れた。それは馬車の内部及び周辺の大気圧等を調整できる装置だった。

馬車の中の気圧が変わって、強烈な風の流れが生まれた。強風は男が侵入のために使った割れたままの窓、馬車の外の宇宙へと向かっていく。物に縋り付いていなければ抗えないほどの風力だった。

リドリーは部屋の柱に全力でしがみついたが、男は掴むものがなかった。窓から宇宙の闇へ放り出される。そこはもう空気のない場所だ。

「うわ……」

男は宇宙の闇の中に放り出された。

「ぐ、がひゅ」

うめき声を漏らしながら男が宇宙の闇へと消えていく。

男が完全に見えなくなってから、リドリーは大気圧等を再び調整する。馬車内の烈風が収まった。

「何が起きたんだ……。突然身体が変質するなど……」

強力なウイルスの作用かと思ってしまうが、ありえない。男の体からそういったものは何も見つからなかったではないか。

だが、そこでリドリーはピンときた。それは直感ともいうべきものだった。

一つだけ、男が宿していた病が思い当たったのだ。

「こころの病……」

体からウイルスは見つからなかった。ならば、やはりあれは精神的な症状なのではあるまいか。精神的な何かが男の体に変化を生じさせたのではなかろうか。

でも、いったいどんな精神的負荷がかかったというのだ。リドリーを殺そうとしていた男は心底から楽しそうで、心理的荷重とは無縁そうだったではないか。

「いや……」

そこでリドリーは考える。

この世に完全なる善人は存在しない。どんな善人にも少しは後ろ暗いところがある。

それと同じように、完全なる悪人もまた存在しないはずだ。

ならば、あの黒い汚れは……。

「罪悪感、か……？」

快楽殺人鬼が抱くなけなしの罪悪感。本人すら自覚できない罪の意識。

それが皮膚病のような形になって表れたのではないか。

これ以上、罪を重ねないようにと。

重ねた罪の証として、肉体を醜い姿に変質させたのかもしれない。

リドリーは思わず呟いた。

「つくづく……人とは不都合な生き物だな」

あれだけ楽しそうに人を殺す者でさえ、罪の意識からは逃れられないのならば。

# 奴(やつ)の星

「なんて素敵な星なの。ご飯がおいしい」

到着してすぐに、ワタリはその星のことが気に入った。

その星の気候は温帯で、緑が豊かだった。大気の組成は在りし日の地球と変わらない。

文明のレベルは高くはないが低すぎるというわけでもない。この星の人々は地球人と同程度の知的生命体で、一種の村を森の中に形成していた。

二人がいるのは、木でできた家の中だった。大樹の中身をくりぬいて作られた家の中には、二人の他にこの星の人々がいた。

たくさんいる。

彼らは村をあげてワタリとリドリーを歓待していたのだ。今は食べ物を供してくれている。

たくさんいる星人のうち一人が言った。

「この星の食べ物を気に入ってくださって嬉(うれ)しいです」

星人の頭の上で二本のアホ毛が愛らしく揺れている。この星の人々はみな二本の長いアホ毛を持っていた。その星人たちは全体として茶色がかった黒で、カラスの濡(ぬ)れ羽めいたしっとりとした艶を有していた。手足にも毛が生えているのも特徴だった。

「どうでしょう、ワタリさんにリドリーさん。この星へ移住してみては」

大きな黒目が二人を見つめてくる。

「そうですね。ぜひそうしたいと思っています。みなさん、魅力的な方々ですし」とリドリーが肉団子を食べながら言った。

この星の人々は穏和で、しかも親切だ。その点からもこの星は移住に適していると二人は考えていた。星人の気質は移住を決めるに際して重要なファクターなのだ。

ワタリは供された肉団子を食べようとしたが、その時、子供がじっと自分を見ていることに気付いた。指を咥(くわ)えてワタリの手元を眺めている。お腹(なか)が空いているのだろうと思ったワタリはその子供に声をかけた。

「おいで。食べていいよ」

「え！　ほんと?!」

しかし、ワタリに寄っていこうとした子供を、彼の近くにいた母親が制した。

「やめなさい。あれは旅人さんに差し上げた食べ物なのよ」

その母親に、ワタリは穏やかな口調で言った。

「いいんです、お母様。私たちだけ食事をしているのも心苦しいですから」

「あら……」

母親は逡巡(しゅんじゅん)するようにワタリと自分の子供を交互に見た後、申し訳なさそうに苦笑して言った。

「……旅人さんがそうおっしゃるのでしたら」

「わーい！」

母親から許しを得た子供がワタリに寄っていく。

「ありがとう、お姉ちゃん」

子供は嬉しそうな顔をすると、大きな顎で肉団子を食べ始めた。がつがつとかじっていく。顎の近くに生えていたひげが食べカスで汚れた。

その様子を見ながらリドリーが言う。

「あなたたちの食性は私たちと同じ雑食なのですね」

食性が同じこともまた移住を考えるに際してプラスの要素だった。今二人の前に並んでいるのは肉料理の他には野菜料理、穀物、乳製品、そしてデザートの果物と多種多様である。これだけレパートリーが豊富なら移住した後で食に飽きる心配はなさそうだ。

星人の一人が恥ずかしそうに言う。

「昔から私たちの種族は食い意地が張ってまして……」

「恥ずかしがるようなことでは。生き物なら当然のことです」

「そう言ってもらえると救われます」

星人はくりくりとした大きな黒目で上目遣いにリドリーを見た。

リドリーは彼らのことをなんとなく犬のようだと思った。大した根拠があってのことではない。雑食性で食い意地の張った生き物からの連想である。

星人は二人に食事を勧める。

「さ、旅人さんも。ご遠慮なさらずにたくさん食べてくださいな」

「あの……」

ワタリ、おずおずと尋ねた。

「どうして私たちに親切にしてくれるんですか。突然ふらりとやってきた旅人なんかに」

「ああ、それはですね……」

星人のうち、一番の老人が口を開いた。彼はこの村の長だ。村長は遠い目をして語り始めた。

「先祖からの言い伝えなのです」

「先祖からの？」

「私たちはこの星の土着の生き物ではありません。別の星からやってきたのです。故郷の星が死の星になってしまったので……」

その言葉にワタリはどきりとした。「私たちと同じだ……」

「その頃の私たちの先祖はまだあまり知的な生き物ではなく、死の星を自力で脱する手段など持ち合わせておりませんでした。そこで私たちの先祖は、別の種族が作った宇宙船に乗せてもらってこの星にやってきたのです。もっともその別の種族はこの星で絶滅してしまいましたが……。故郷から持ってきた食料が尽きてしまったのです」

「どうしてあなたたちは死なずに済んだのですか」

「私たちは飢えに強い生き物だったのです。それに体も比較的丈夫ですから、僅かな食料でも生き延びることができたのですよ。幸いにしてこの星の環境は私たちにとってはとても適切で、爆発的進化が促されました。進化した私たちは知性を得て、私たちをこの星に連れてきてくれたあの種族に感謝するようになりました。……あなたたちは伝承に聞くその種族にとてもよく似ているのです」

そして星人は、恩義を抱いている種族の名を口にした。

「その種族は、名前を地球人と言いました」

「えっ！」

リドリーとワタリは驚いて、互いの顔を見た。

「私たち、地球人です」

「えっ！」

今度は星人たちが驚く番だった。二人の言葉に室内の星人たちがざわめいた。

「おお、あなたたちが……」

長老が涙ぐむ。

「なんという巡り合わせか。まさか生きている間に地球人にお目にかかれるとは。私は幸せ者だ」

感極まった長老は長い毛の生えた手で顔を覆った。

「偉大なる種族よ。どうぞ、この星に永住してください。最高のもてなしをいたしますから。今こそ恩返しをさせてほしいのです」

他の星人たちが頭を下げた。

「生きた地球人に会えるなんて……」「我々の種族の恩人よ……」「いくら感謝しても足りない……」

「あ、頭をあげてください」

ワタリが狼狽えながら言う。

「私たちは確かに地球人ですが、あなたたちをこの星に連れてきた個体とは別ですよ。同じ種族というだけで……」

「いいえ。私たちは地球人という種族に対して莫大な恩義があるのです。地球にいた頃から、我々は地球人に助けられていました。私たちの種族の歴史は地球人と共にある。いつだってあなたたちは、私たちに食べ物と温かい場所を与えてくれたのですよ……。地球人は我々にとって古くからの友です」

なんとお優しい種族なのかと長老は言った。

長老のその言葉で、リドリーは何かに思い至ったかのような顔をした。

「そうか、あなたたちは……」

リドリーは星人たちの長いアホ毛を、大きな黒目を、手足の毛を見つめた。

リドリーはバツが悪そうに目を伏せた。

「……私たちは優しい種族なんかじゃありませんよ。むしろ優しいのはあなたたちです。地球人とあなたたちとのかかわりは……迫害の歴史だ。あなたたちは地球人を憎悪(ぞうお)していてもまったくおかしくないのに」

「私たちはアレを迫害とは思っておりません。逆の立場なら私たちも同じことをしたかもしれませんからね。もしアレが迫害だったとしても……過去のことは水に流しましょう」

星人は二人に向かって手を差し出した。友好の握手を求めているのだ。

「これからは助け合っていきましょう。同じ地球の仲間として。地球の家族として」

「……あなたたちがそう言ってくださるなら」

ワタリとリドリーは握手に応じた。力強く手を握り合う。

「では、この星に住まわせてください。そして私たちにもあなたたちを助けさせてください」

握手をしたワタリは感慨深げにつぶやいた。

「やっと終わったんだね。私たちの旅」

「ああ、そのようだ。彼らの寛大な心のおかげだね」

ワタリは星人を見つめて言う。

「ありがとうございます」

「それはこちらの言葉です」

そこでワタリが尋ねた。

「それで……教えてくれますか。あなたたちの種族の名前を」

リドリーは彼らの種族について思い至っていたようだが、ワタリにはまだはっきりとはわかっていない。だが、おおよその見当は彼女にもついていた。

彼らは地球人とかかわりの深い生き物だという。それも太古の昔から人類の友だったという。ならば、そんな種族は数えるほどしかいない。

十中八九、犬だという確信がワタリにはある。

「もちろんお教えいたします」

星人はにこやかに言った。

「私たちの種族は……」

その星人は——人類が火を使い始めた頃から関りがあり、地球人が操る宇宙船の貨物に誤って紛れ込んだことで地球を脱出し、数千個の黒い個眼の集合体であるために一目見ただけでは大きな黒目に見える複眼を持ち、手足には毛のように見える細かな刺を列生させ、全体の色合いとしては茶色がかった黒で、脂で艶々としていて、ひげに見える下唇肢を持ち、大顎で食べ物を咀嚼し、雑食性で飢えに強く、強靭な生命力を有し、仲間同士で大量に群がって暮らし、頭部にはアホ毛に見える長い二本の触角を有しているその星人は――。
「ゴ

# 誤の星

すごくいい星なのだ。

何もかもが地球人にとってうってつけの環境なのだ。

文明的で知的水準も高く、星人の気質も温和で、他の星からの移民も受け入れている。

一応、移住に際しては質疑応答がなされるが、それも形だけのものと言っていい。

宇宙センターのオペレーターが、移住希望の宇宙船に通信を行い、その応答内容で移住を認めるかどうかの判断をするのがこの星のやり方だった。

今日も宇宙センターで数人のオペレーターが移住希望の宇宙船と交信をしている。

そのうちのひとりである若者のオペレーター星人が、ヘッドホンをつけて呆けた顔をしていた。

彼は仕事をしていなかった。ヘッドホンから聞こえてくるのは移住希望の星人からの通信ではなく、お気に入りのチャンネルだった。それを聞いていて夢見心地になっているのだった。

「おい」

そのヘッドホンが突然に取り上げられて、彼は現実の世界に戻ってくる。

ヘッドホンを奪ったのは、彼の上司だった。オペレーターたちがちゃんと仕事をしているかどうか見て回っていたのである。

「何を聞いていたんだ」

上司は取り上げたヘッドホンを頭にかぶった。

しかし、ヘッドホンからはかすかにノイズが聞こえてくるだけだった。部下が素早く、けれどばれないように通信機のボタンに触れて、チャンネルをいじったからだった。

「チャンネルを変えたのか」と上司は部下に言ったが、それだけだった。通信機のボタンをいじって、さっきまで流れていたチャンネルに戻したりはしない。できないのだ。この上司はかなりの年寄りで最新の機器には疎い。

上司は部下を追及するのを諦めて、ため息を吐いた。

「あんまりさぼるんじゃない」

上司はヘッドホンを部下に返した。大して怒っていなかったのもこの星の穏やかさの表れだった。

「すみません……。ちゃんと仕事をします」

ちょうどその時、宇宙センターの職員が新たな宇宙船の接近を探知した。

馬車型の宇宙船である。

上司が部下に言った。

「ちょうどいい。あの宇宙船の質疑応答を行え。ちゃんと仕事をしているところを私に見せてくれ」

「わかりました」

上司が見ている時ぐらいはまじめに仕事をしようと、部下は馬車型の宇宙船へ電波を飛ばして呼びかけた。

「もしもし、聞こえますか。こちらはあなた方が向かっている星にある宇宙センターです。我らの星に移住するのであれば、いくつかの簡単な質問に答えていただく必要があります」

部下がヘッドホンのボタンを押すと、音声がスピーカーに切り替わった。これで馬車型の宇宙船との会話は上司にも聞こえるようになった。

馬車型の宇宙船からの返信が来た。

「もしもし、聞こえています。いくつかの質問に答える必要がある旨、了解しました」

返事は若い女の声だった。近くにもう一人女の子がいるような気配もする。

「それではまずあなたたちがどこの星から来たのかを教えてください」

「私たちは地球から来ました。私の名前はリドリー。相棒のワタリと二人で安住の星を探しています」

「ほう、地球人ですか」

オペレーターの声が明るくなった。

「地球人ならまず移住を断られることはないでしょう」

オペレーターのいる星には何人もの地球人の移民がいる。みな理性的で礼儀正しかった。もちろん質疑応答は全員がパスしている。

「本当ですか？　やったぜ」とリドリーが喜ぶ声が聞こえてくる。ぱんと手を合わせるような音もした。相棒だというワタリと手を合わせたのだろう。

「ええ、もうあなたたちは移住したも同然……」とオペレーターが言いかけたのを、上司が厳しい視線で咎めた。

相手が地球人でも、きちんとマニュアルに沿った質問をしろと言っているのだ。

「……同然ですが、こちらにも規則がありますので質問はさせていただきます」

「ええ、もちろん答えさせていただきます」

そこからオペレーターは、二人に何個かの質問をした。リドリーとワタリの答えはどれも素晴らしいものだった。リドリーの受け答えは完璧だったし、ワタリの方は少々人見知りのきらいがあったが、それでも聞かれたことには真摯に答えようという姿勢は感じられた。好印象である。

オペレーターが上司を見ると、彼は微笑んで頷いた。やはり彼女らが移住することに全く問題はなさそうだった。

質問は最後の一つになった。

「これは質問とは少し違うのですが……」

「一体何でしょう」

「宣誓をしてほしいのです。この星に住む以上は、同じ星の人々を愛さなければいけません。それさえ誓ってくれれば、あなたたちを迎え入れましょう」

「勿論誓いますよ」とリドリーは即答した。

「あなたたちの星に住めるなら、その星の人々をみな愛することを誓います」

リドリーの宣誓は十分だった。

あとはワタリが誓うだけだ。

オペレーターと上司はワタリの宣誓を待った。

しかし、どういうわけかワタリは喋らない。それが人見知り故なのか、回線の不調なのかはわからない。

「ふむ……」

上司が動いた。もし回線の不調なら可哀そうだと思い、通信機のいくつかのボタンをいじったのだった。

さーっというノイズの後に、低くて重苦しい声が聞こえてきた。

「愛を誓う、ねえ。さて、どうだか」

何やらワタリの態度が豹変したようだった。

「今の言葉は嘘だよ、ねえ？」

「な、何を言い出すんだい」

応じる声は上ずっているのか、妙に高い。

「ねえ、私が気付いてないと思っているの？」

「な、何のことやら……」

「じゃあ、これは何！　ベッドの上にあったこの長い茶髪は！」

「そ、それは……！」

「知ってるんだよ。女をここに連れ込んでること。私という恋人がありながら……。そんな人の愛の宣誓なんて信じられるわけないじゃん！」

「違うんだ、誤解だ！　あとでゆっくり話そう！　今話すべきじゃない！」

「いや！　今話したいの！　私が大人しいからって丸め込めると思ったら大間違いだよ。ずっと我慢してきたんだから」

「誤解だってば！　怪我をしてた女性を見かけたから、招き入れて介抱してただけで……」

「へえ……！　へえ！　へえ！　そうなんだ！　怪我した相手とあんなことやこんなことしちゃうんだ！　それも何回も招き入れたりしちゃうんだ！　話してあげてもいいんだよ？　二人がどんなことをしてたか。どういう介抱がお気に入りなのか！　ことに及ぶ前にはいつも相手の足の指を舐めるところから始め……！」

「わー‼‼　わー‼‼　わぁあああああああー！！！！　今言うんじゃない！　という

かなんで！　なんで知ってるんだよ！」

「だって全部見てたもん」

「えっ……」

「ずっと押し入れの中にいたんだよ、私は。いつもいたの。いつも二人が仲良くするの見てたんだぁ。初めから終わりまで……」

「ひ、ひぃ……。な、なんで止めなかったんだ」

「止めるって……なんで？」

「だって……見てたんだろ……。私の浮気(うわき)の現場を……」

「止めなかったのはね、溜(た)めたかったから」

「な、何を……」

「愛を」

何かが押し倒される音がした。

「何をする！」

「私が悪いんだよね？　私の体じゃ満足できなかったんだよね？　だから他の女に手を出しちゃったんだよね？　愛に飢えてたんだよね？」

「いや、そういうわけでは……」

「だからね、今度は満足させてあげる。私なしでは生きられなくしてあげる。私のことしか考えられないようにしてあげる。たくさんの愛で満たしてあげるね」

激しい衣擦れのような音がした。

「や、やめろ！　脱がすな！　剝ぎ取らないで！」

「抵抗しても無駄だよ。わかってるでしょ、私の方がずっと強いんだから」

「ひ、ひえ……やめて。そんな無理やりに触らないで……」

「安心して。弱いところ全部知ってるんだから。あの女よりずっと気持ちよくしてあげる」

「あ！　舐めるな！　舐めないで！　あぅ！　あっ！　あ……！　あ……ああ……あん……」

そこから続く音はとても聞けたものではない。女の喘ぎ声と、女の虐める声と、水音と、肉のぶつかるような音……。

部下は滝のような汗をかきながら、スピーカーから流れてくる音を聞いている。

上司がたまらずスピーカーの音を切った。

「……地球人の移住を拒否するのは初めてだな」

上司の顔は引きつっている。

「こんな発情した獣を我が星に入れるわけにはいかん」

上司は部下に命じた。

「移住を拒否しろ。無理にこの星に来ようとするならば迎撃もやむなしだ」

部下は威勢のいい声で言った。「了解いたしました！」

それで上司は出ていった。

その背中を見送り、部下は安堵のため息を吐く。

「あぶねー」

実は通信は途中で、部下のお気に入りのチャンネルに切り替わってしまっていたのだ。回線の不調を上司が疑って通信機のボタンをいくつか触った時に、部下が仕事をさぼって聞いていた「狂愛百合チャンネル」へと……。

部下は思う。

まあ、おそらくはリドリーとワタリの二人組はこの星に受け入れても問題ないだろう。

けれど部下は怒られたくない。さっき怒られたばかりだし。

だから、部下は再びリドリーらに通信をつないで言った。

「残念ながらあなたたちは受け入れ拒否となりました。それ以上、この星に近づけば迎撃します」

馬車は宇宙の闇へと消えていった……。

# 湯の星

二人はもう疲れ切っていた。

だって、どの星に行ってもひどい目にばっかり遭う。地球人を殺そうとする星人がいたり、食べようとする生き物がいたり、珍しく地球人に会えたと思ったらその地球人に捕まって奴隷として売買されそうになったり、心休まる時間がない。

「リドリー、もう私、疲れちゃって……。全然動けなくって……」

「私もだ。もう星を巡るのやめようか。一生この馬車の中で過ごすんだ。ぶっちゃけ暮らせないことはないからね」

簡素な食べ物であれば生産できるシステムがリドリーの馬車には搭載されている。籠の内部は多次元的な構造になっているため、見た目よりずっと広い。他にも生存に必要なシステムは一通り備え付けられてはいる。二人が暮らすには十分なのだ。

だが、それでも馬車の中だけで生きていくのはあまり現実的ではなかった。馬車にいる限り、外的な刺激は一切なく、食事もバリエーションが少なく、娯楽が供給されることもない。あまりに代わり映えのしない毎日によって精神が疲弊するだろう。そんなことは二人にもわかっている。

でも、わかっていてなおこんなことを言いだしてしまうほどに、この時の二人は疲れ切っていた。

そこで馬車に備え付けられた惑星探知機が反応を示したがテンションは上がらない。

「新しい星を見つけたみたいだ」

「もういいよ、行かなくて。どうせ酷い目に遭うに決まってるんだから」

「確かに」

それでもリドリーの目は一応モニターを追う。科学者としての習性みたいなものだった。どんな星なのか確認しておかないと気持ち悪いのである。

死んだ魚のような目でモニターを見ていたリドリーだが、その目が一瞬にして輝きを取り戻した。

「おい、起きろ。行くぞ」

リドリーが寝転がっているワタリの腕を引っ張って起こそうとする。だが、やる気のないワタリはだらけて動かない。

「もういいってばぁ……」

「いいや、行くね。行かないと後悔するね、君は日本人なんだから」

「はぁ～、生き返る」

立ち上る湯気。硫黄の独特の匂い。遠くには富士っぽい稜線の絶景が見える。

「あぁ～～～～」

二人がいるのは温泉の星だった。その星は、星自体が巨大な温泉だったのだ。

二人は頭の上に手ぬぐいを載せて、乳白色の湯船に寄り添って浸かっていた。足元には白い敷石がたくさんある。

「な、来てよかっただろう？」

「だね、温泉は日本人の心だからね」

二人はだらけ切っていた。この温泉には疲労回復効果があるらしく、体が癒されていくのを感じる。体はその恩恵を無意識のうちに求めるらしくて、手足がだらしなく伸び切っていく。

「この先の星、全部こんなんだったらいいのにね～」

「本当それ。そうしたら宇宙の旅も楽しいのにね～」

遠くからカポーンという音がした。温泉の音だ。どこからどのようにその音が聞こえてきたのか、考えるのは野暮である。ただその音が気持ちよくて、二人の精神をさらにだらけさせた。

「あ～～ワタリ～～」

「何～～？」

「こういう時はアレをやらないとだな」

「アレって？」

リドリーはワタリの胸元を見つめた。乳白色の湯船の中に見えるものをじっと見つめて言った。

「また大きくなったんじゃないか、ワタリ」

「ええ……」

「なんだい、その反応は。日本の女子が温泉に入ったらこういうやりとりをするものだって本に書いてあったぞ」

「本って言ってもどうせ漫画でしょ。リドリーって本当に日本の漫画好きだよね」

リドリーは日本の芸術や文化が好きだ。特に二百年ほど前の日本の漫画文化には一時期傾倒していた。尊敬する人物は岸辺露伴。

「別に日本人の女の子が一緒に温泉入ったからって『大きくなったわね～』とかわざわざ言わないから」

「後ろからギュッて揉んだりしないのかい？　そういうのたくさん読んだが」

「そんなコミュニケーション気持ち悪すぎるでしょ」

「そ、そんな……」

リドリーの幻想は打ち砕かれた。自分も漫画の登場人物のように『大きくなったわね～』というのをやってみたかったのだが、どうやらそれは難しそうだった。

だが、そんな傷付いた精神もすぐに温泉が癒してくれる。

「あ〜〜一生ここにいたい」

長旅で固まっていた筋肉が気持ちよくほぐれていく。

「な〜ワタリ〜」

「なに〜」

「温泉と言えば修学旅行だろう」

「う〜ん？　まあ、そうかもね」

「じゃあ、恋バナでもするか」

「えっ、なんで」

「修学旅行と言えば恋バナだって聞いたぞ」

「また変な漫画の影響受けてるね？　恋バナするのは寝る前の布団の中での話だし。そもそも恋バナのしようがないのわかってるよね？」

二人の旅に恋が入る余地などない。素敵な男性と出会うこともない。

「できることなら恋バナしたいよ〜」

「それな〜。イケメンどころか真っ当な地球人と出会わないもんな〜」

そこでぽかりと二人の前に何かが浮き上がってきた。

白くて丸い何かだ。

「リドリー、なんだろうアレ」

「お、噂をすればイケメンだな」

「どういうこと～？」

「アレは地球人の頭蓋骨だ。大きさからして男性だろう。ま～ここからは推測だが骨格の形状からして彫りの深いイケメンだったと思われるな」

「なるほど～。すごい、リドリー。骨を見るだけでそんなことまでわかっちゃうんだね～」

「ま、天才科学者だからね～」

二人は湯船に身を委ねる。全身を包み込む極上の温かさに浸る。

「あ～リドリー」

「うん～？」

「なんで頭蓋骨が浮いてるんだと思う～？」

「うん～」

リドリーはだらけ切った表情で言った。

「やばいな、ここ」

そもそも足元の白い敷石は石ではなかった。全て頭蓋骨だと今更気付く。

「やっぱりか～」

「この温泉、生きてるな～。生き物を溶かして食べちゃうっぽいな～」

「やばいね～。すぐ上がらないとね～」

「わかってる。出るぞ～」

けれど二人は動けない。

「出られね～～～」

「気持ち良すぎ～～」

「今まで人を食う星は結構見てきたけど、このパターンは新しいな～」

この星の湯船はきっと麻薬みたいなものなのだ。浸かった人間を虜にして出られなくしてしまう。二人ともどっぷり浸かって、漬かってしまっていた。

「ね、なんなら溶かされてもいいかなって思ってる～」

「そだね～。二人で溶けて混じり合っちゃおうか」

「それはそれで幸せかもね～」

「はぁ～死ぬ～～～」という二人の声がこだまする。

「いや～リドリ～。やっぱりそれはダメだね」

「なんでさ～」

「だって私、リドリーを守るって決めてるんだもん。リドリーが動けないときは私の出番なんだよ」

ワタリの目付きが変わる。それはさっきまでのだらけた目ではない。大切な人を守ると決めた者の目だった。

ワタリは弛緩した筋肉に力を入れる。どうにか立ち上がれそうだ。このまま湯船を出るのだ。そうすれば湯船の効果も切れるだろう。幸いにしてこの湯船が人を溶かす速度はかなり遅い。数十日、あるいは数か月かけて人を溶かすようだ。湯船から上がった後しばらく動けなくなったとしてもリドリーを救出する時間はたっぷりある。

「いくよ！」

ワタリは立ち上がった。立ち上がろうとした。

しかし。

「あっ」

湯けむりの向こうから何かがやってきたのを見て、ワタリは止まった。

ワタリの前にお盆が流れてきた。

その上にはコーヒー牛乳が乗っていた。

「あ〜〜」

たまらずワタリはコーヒー牛乳に手を伸ばした。そして飲んだ。火照った体を通り抜けていく冷たさ。全身に染みわたる甘味。殺人的だった。

何故コーヒー牛乳が流れてきたのか考えるのは野暮である。ここは温泉の星なのだから。

ワタリは再び湯船に戻された。

「うめ～～」

見れば隣のリドリーはとっくりとおちょこで日本酒を飲んでいる。

「私ら終わったな～」

「悔し～」

悔しいのにコーヒー牛乳を飲む手が止まらない。

これは罠だ。ワタリたちを温泉から出さないための罠。

でも、

「うめ～～」

温泉で飲むコーヒー牛乳には誰も抗えない。

どこからかまたカポーンという音が聞こえてきた。

「おお～食べ物も運ばれてくるのか～」

リドリーの前には盆に乗せられた日本食が流れてきていた。

「納豆うま」

リドリーが幸せそ～うな顔で納豆を掻き込んでいく。

「ワタリも食べなよ。この温泉、望めばどんな食べ物も供してくれるみたいだ」

「罠だよ～」

「罠でも～」

好きな食べ物を好きなだけ食べられる場所などこの銀河にはほとんど存在しない。

「ヨーグルトうま」

見ればリドリーの前には日本食以外の食べ物も運ばれてきている。

「満喫しすぎだよ～」

だが、いい食べっぷりのリドリーを見ているとワタリもお腹が空いてくる。

「温泉卵～」

ワタリの目の前にぷかりと何かが浮かんできた。それはまさしく温泉卵。

殻を割って蕩けそうな中身をすすった。

「うま」

温泉卵なんて何年ぶりに食べただろう。こんなにおいしかったっけ。

隣にいるリドリーは湯呑で緑茶を飲んでいる。ワタリももう止まれない。

「懐石料理、来てくれ～～」

ワタリの前にお盆に乗った懐石料理が運ばれてくる。

先付の野菜の和え物を食べる。

「オクラうま」

「お、その酢の物くれ」

「いいよ～」

リドリーがワタリのお盆からおじゃこの酢の物を口に運んでいく。

「ワタリ、今のうちにたくさん食べておけよ～」

「うん～」

体が溶かされる前においしいものをたくさん食べておこうと思った。

二人はたくさんの料理を食べた。食いしん坊のワタリにとっていくらでも食べ物が運ばれてくるこの温泉はまさに極楽だった。

リドリーもたくさん食べていた。細身の彼女は普段はあまり食べないのだが、最後の晩餐だからだろう。ワタリに負けないくらいにご飯を掻き込んでいく。

「牛乳うま」「小松菜の煮びたしうま」「ほうれん草のおひたしうま」「青汁まず」

せめてここが温泉じゃなければリドリーにも対抗手段があっただろう。彼女の開発した科学的アイテムで窮地を乗り切れたかもしれない。でもここは温泉で、二人は裸で、持ち物と言えば頭の上の手ぬぐいくらいなのだ。あとはおいしい料理と飲み物が流れてくるだけ。

万事休すである。

随分温泉に浸かった。少なくとも十時間は湯船にいる。もうふやけてしまいそうだ。お腹もいっぱいで幸せだ。

「ねえ、リドリ～」

「なんだ〜い」

「やってもい〜いよ、漫画のやつ〜」

「漫画のやつ？」

「ほら〜『大きくなったんじゃない？』っておっぱい揉むやつ〜」

「気持ち悪いって言ってたじゃ〜ん」

「気持ち悪いけどさ〜私たちもうおしまいだからいいよ〜」

「じゃあ、お言葉に甘えさせてもらうよ〜」

だが、とリドリーはつないだ。

「それは本当の温泉でやろうな」

ざぱんという音がした。

「うそ〜」

ワタリは目を疑った。

リドリーが湯船から上がっているのだ。

「たくさん食べたかい？　ほら、行くよ」

立ち上がることすらできないワタリをリドリーが引っ張っていく。そう、まだワタリは動けないのだ。この温泉の麻薬的な魅力にやられて、湯船から上がれない。強靭な体を持つワタリがそうなのに、何故華奢でか弱い体のリドリーが動けるのか。

リドリーはワタリを湯船から引き揚げた。そしてしばらく岩盤の上で休ませた。そうすると温泉の効能が消えて、ワタリも動けるようになった。

二人は馬車に乗り込んで、温泉の星を後にした。

馬車の中でリドリーに尋ねた。

「どうしてリドリーは動けたの。私は全然ダメだったのに」

「あの温泉のお湯には特別な薬効があっただろう。すごく気持ちよくされて、私たちをダメにする薬効が」

「うん」

「だから、その作用を弱める食べ物を摂取したんだ。どんな食べ物を摂れば症状が弱まるか試行を繰り返しながらね」

食べ物の中には相互作用で薬の作用を弱めたり強めたりするものが無数に存在する。

あの温泉は獲物を虜にするために、その獲物が望んだ食べ物をいくらでも運んできてくれた。それに気付いた時、リドリーはその食べ物を利用して湯船から脱出する手段を思いついたのである。

お酒も、納豆も、ヨーグルトも、緑茶も、ワタリから頂戴した酢の物も、牛乳も、小松菜の煮びたしも、ほうれん草のおひたしも、青汁も。全てが薬理作用に強い影響を及ぼす食べ物だったのだ。

ワタリは感心しきって言った。

「すごい。さすが天才科学者だね」

「なんだ、今更気付いたのかい」

「だって今回ばかりはもうダメだと思ったもん」

「確かに危険な星だったが……でも、いいところだったな」

二人の体は生まれ変わったかのように元気になっていた。それはあの温泉のおかげだった。

「おいしい料理も食べられたしね」

「旅に疲れたらまたあの星に行こう。大丈夫、対策さえわかっていれば怖い場所じゃないさ」

二人はまた旅を続ける。あの星のおかげでしばらくは頑張れそうだった。

# 待の星

「お帰りなさいませ、お嬢様」

その星で、ワタリとリドリーはメイドに出迎えられた。

それもただのメイドではない。ロボットのメイドだった。

「は……？」

緑に覆われた星だった。背の高い草木が生い茂っていて、白亜紀を連想させた。人が住むには適さないだろうと思いながら散策していると、草木が開けた場所でメイドが待ち受けていたのである。

メイドはカーテシーで挨拶をした。頭を下げた時に赤みがかった髪がさらりと揺れる。着ているメイド服はよく見れば継ぎはぎだらけだ。肌も一部が剝けていて、鉄の中身が露出していた。二十二世紀の地球でよく見られた、汎用的なメイドアンドロイドだった。

「さあ、おうちに戻りましょう、お嬢様」

などと言ってくるが、二人はこんなメイドは知らない。

メイドが近づいてくる。彼女はワタリの前にやってくると、手を差し伸べてきた。

「お手をお取りください。この原生林は転びやすいところがたくさんありますので」

ワタリが戸惑った。

「え、私がお嬢様？」

「そうです。あなたこそが私の待ち続けたお嬢様に違いありません」

ワタリが面食らうのは当然だ。

「ええと、誰かと勘違いしていると思うんだけど……」

「いいえ、あなたが私のお嬢様です。地球にいた頃からお仕えし続けている、私の主です」

「違うって……」

「いえ、そうです。私がそう言っているのですからお嬢様です」

ワタリの言葉を遮るかのように強い断言だった。

メイドはワタリの前に立った。

「さあ、参りましょう。お嬢様」

「いや、私はお嬢様じゃ……」

ワタリが言えたのはそこまでだった。メイドは差し出した手を突き出して、むんずとワタリの胸を摑んだのだ。

「うひゃあ！」

「確かにお嬢様は長旅で些か風貌が変わっておられるようです。身体データを更新させていただきます」

そう言うとメイドは主の成長を確かめるかのようにワタリの胸を揉んだ。メイドの手指の動きに合わせて柔らかに胸が形を変えた。「ひぇぇ！」

「それにしてもお嬢様……ずいぶんと成長なさいましたね。ここまで立派になられるとは」

するとメイドは今度は何を思ったのか、メイドはワタリの体を引き寄せた。そして思い切り抱きしめる。

ワタリがたちまち真っ赤になった。額からは汗がにじんでいる。

「お嬢様の肉体の情報を更新中……。身長、体重、体格、髪の長さ、手の長さ、腰の位置……」

「リ、リドリー……」

ワタリが助けを求める瞳でリドリーを見たが。

「はっはっはっ。まあ、いいんじゃないか」

リドリーは助けてくれなかった。どうやら変なメイドと困っているワタリのことを面白がっている。

「これが男なら殺してたけどねぇ」とリドリーは笑いながら言った。

「ひとまずこのメイドに付き合ってみようじゃないか」

「そんなぁ……」

メイドはワタリの体をべたべたと触ってから言った。

「アップデート完了。それではお嬢様、おうちに参りましょう」

困惑しているワタリの手を引いて、メイドは歩き出した。リドリーはにやにやしながら二人の後をついていった。


「ここが……あなたのおうち？」

「あなたではなく、私たちの、です」

連れていかれたのは森が開けた場所だった。切り開いたのではない。焼け跡のようになっている。その真ん中には宇宙船の残骸と思しきものがあった。

「見た目は悪いですが、中は清潔にしてあります」

三人が宇宙船に近づくと、扉が自動で開いた。自家発電設備が搭載されているようだ。

中に入ろうとすると、メイドがリドリーを制した。

「部外者の方はご遠慮ください」

リドリーがぶすっとした顔をした。

「部外者ってことはない。私はワタリの友達だよ」

「私はお嬢様と過ごしたいのです。邪魔をしないでください」

「なぁにがお嬢様じゃい。このポンコツアンドロイドめ」とリドリーはメイドを睨んだが、そこで何かに気付いたような顔をした。

「お前……」

リドリーの視線の先にはメイドの胸があった。メイド服の胸の中心には大きな継ぎはぎがあり、その向こう側で何かがかすかに光っているのが分かった。

「そういうことか……」とリドリーは呟いて、

「……一日だけワタリを貸してやる」と言った。

「えっ、リドリー？」

「問題ないだろ。もしそのメイドに襲われても、ワタリなら返り討ちにできるだろうし」

「そ、そうだけど……」

ワタリは不思議に思った。どうしてリドリーがこんなに大人しく引き下がったのか。

「まあ、優しくしてやってくれ。一日くらい……」

そう言うとリドリーはどこかへ行ってしまった。ワタリはそれを追おうかと思ったのだが……。

「中へどうぞ、お嬢様」

メイドが自分を宇宙船の中へと促している。

メイドを蔑ろにはしたくなくて、ワタリは宇宙船の中へと入った。リドリーの「優しくしてやってくれ」という言葉が気になっていた。

メイドに先導されて、宇宙船の廊下を歩く。

「あ、あのね……」

「なんでしょうか、お嬢様」

「何度も言うけど、私はあなたのお嬢様じゃないよ」

メイドはワタリを小さな部屋へと連れていき、ワタリのケープを脱がしながら言った。

「いいえ、あなたはお嬢様です。私がそう言うからにはそうなのです」

「違うってば。私の名前はワタリっていうんだよ」

「ですが、お嬢様はお約束してくださったのですよ。宇宙を旅したら必ず戻ってこられると」

アンドロイドはワタリのドレスに手をかけながら言う。

「ずっとお待ちしていたのです、お嬢様のお帰りを」

何年も、何年もとアンドロイドは付け加えた。

「ううん……」

メイドの言葉にワタリは違和感を覚えた。

「察するに……あなたの主は、あなたをこの星に置いて宇宙旅行に出かけたの？」

「そうです」

「こんな未開の星にあなたを……？」

「そうです」

何か変だとワタリは思った。

ありえるだろうか。自分のメイドをこんな原生林しかない星に置いていくなんてこと。もしそんなことをするのであれば、それは……。

（捨てていったって方が納得できるなぁ）

実際、壊れたアンドロイドを適当な星に投棄することは地球が滅びる前から人間がやっていたことでもあった。

どう考えてもこのアンドロイド、ポンコツだし。

見た目はボロボロ。中身だってガタが来ているだろう。主を間違えるなどメイドアンドロイドにはあってはならないことだ。

「………………」

ただ……。

ワタリが考えるとおりにこのメイドが投棄されたアンドロイドであるなら。

投棄されてなお、主の帰還を信じて待ち続けているのだとしたら。

ワタリはこのポンコツアンドロイドが可哀そうになってきた。

いそいそとワタリのロングスカートを脱がしているメイドを見つめながら、ワタリは小声でつぶやいた。

「……まあ、少しくらいはこの子に付き合ってもいいのかな」

メイドはワタリのブラジャーのホックを外した。そこで彼女はようやく気付いた。

「ひょえええええええええ！　何やってるの！」

気付けばワタリは裸にされていた。

「何って。お召し物を脱がしただけですが」

「どうしてさも当然みたいな顔をしているの⁉」

「当然の行為ですので」

わけがわからない。どうやら本当にポンコツらしい。

が、メイドは小部屋から繋がる別の部屋を指さした。曇りガラスの向こうに湯気が見える。

「体が埃っぽく、汗も掻いていらっしゃったので、お風呂に入っていただこうと思いました。入浴の前に服を脱ぐのは当然では？」

「あ、ああ……。そういうこと……」

ようやくワタリは剝かれたことに合点が言った。もっともそうならそうと早く言ってほしかったが。

「で、でも……初対面の人と一緒にお風呂に入るのは……」

「初対面？　昔からお嬢様の背中をお流しするのは私の仕事でしたよ」

その時、メイドの口元がかすかに笑ったようにワタリには見えた。

「お嬢様のお体が大きくなっていくのを見るのが、私のささやかな幸せでして」

「う……」

そういうことを言われると、ワタリはもう拒否ができなくなってしまう。リドリーに比べると優しい子なのだ。

メイドも服を脱ぎ始めた。しゅるしゅると衣擦れの音がする。ワタリはなんだか恥ずかしくなった。リドリーの裸は見慣れているが、出会ったばかりの相手の裸は……。アンドロイドとわかっていても、意識してしまう。

ワタリは俯いたまま浴室へと案内される。

浴室の扉を開けると、暖かな湯気とともに爽やかな香りがワタリを包み込んだ。胸がすっとするようないい香りだった。「わあ……」と思わずワタリはため息を吐いた。

「お嬢様の大好きなハーブの湯です」

見れば浴槽にローズマリーに似たハーブが浮かべられていた。湯の色も体に良さそうな乳白色だった。他にも白い花が船のように漂っているのは、彩りを添えるためだろう。

メイドが言った。

「白いお花、お好きでしたよね」

「まあ……」

曖昧な返事をしたのは、ワタリがお嬢様ではないからだ。白い花が格別好きということはない。

けれど、このお風呂自体はワタリにとってとても魅力的だった。そもそもワタリはお風呂が好きなのだ。

「ではさっそく……」

お風呂に入ろうとしたワタリをメイドが止めた。

「まずはお体を綺麗にしてからです」

そう言うとメイドは石鹸を手で泡立てた。

「手洗いをさせていただきます。ボディタオルよりも肌に優しいので」

メイドの細い手が柔らかにワタリの肢体に触れた。

「あっ……」

触れられた瞬間、甘美な電流がワタリの背筋を駆け抜けた。その気持ちいいことと言ったらない。どうやらツボを押しているようだ。優しく、けれど時に力強くワタリの体を揉みこむように洗っていく。心地のいいマッサージで、天国にいるかのような気分になった。

「ふああ……」と気の抜けたような声が漏れてしまう。

ワタリの体を揉みほぐしながらメイドが言った。

「お嬢様が心地よく感じられる部位は、よく覚えております」

そう言うとメイドはワタリの腰に指を軽く沈めた。

「ほら」

ワタリの体がびくりと跳ねた。

「あっ」

「こちらも」

「あうっ」

そういうことを何度も繰り返した。全身を洗い終える頃には、ワタリはすっかり骨抜きにされていた。

「す……すごすぎ……」

「ご満足いただけたようで何よりです」

軟体動物のようにぐだぐだになったワタリをメイドは抱きかかえると、一緒に湯船の中に入った。途端に塩梅(あんばい)のよいお湯とハーブの香りが全身を包み込んだ。

浴槽はあまり広くなかったので二人の体はぴったりとくっついていた。メイドが後ろからワタリを抱きかかえる形になった。

背後に有機的な感触を覚えながらワタリが言った。

「アンドロイドなのに、肌が柔らかいんだね」

「人工皮膚を使っておりますので」

ワタリはメイドの体を振り返った。白い裸体にはところどころ傷があった。そしてその傷は体の中心に向かえば向かうほど酷(ひど)くなっているようだった。

気になったワタリはメイドから体を離して、彼女の体の中心を見た。

メイドの胸にはぽっかりと大穴が開いていた。人間でいうならば心臓に当たる部分に、直方体の物体が収まっている。それは弱々しい光を放ちながら駆動していた。

メイドが控えめな仕草で、大穴を手で隠しながら言った。

「あまり見ないでいただけると……。お見苦しい状態なので……」

「その傷は……」

「この星に宇宙船が墜落した時に受けた損傷です」

微かな光を放っている、機械の心臓を見つめながらワタリが言った。

「今にも消えてしまいそう……」

「おっしゃる通りです。このコア——機械心臓——は損傷しており、明日の昼で限界を迎えます」

メイドは言った。

「ですから、機能が停止する前にお嬢様が戻ってきてくださって……本当に嬉しかった」

ワタリは胸がきゅうと締め付けられるような思いがした。

同時に、

（いくら壊れているとはいえ、こんなに純粋なメイドを捨てていくなんて……）

このメイドの主への怒りも感じたのだった。

メイドは言った。

宇宙船が墜落したと。

ならばきっとこのメイドは、宇宙船ごとこの星に捨てられたのだろう。古くなった船とひとまとめにゴミとして……。

お風呂から出た後、ワタリは寝衣に着替えさせてもらった。そして船内にある客間のような一室に通される。

「お夕食の準備をしますので、少々お待ちください」

メイドは客間を出ていった。

その隙にワタリは手持ちの通信機でリドリーに連絡をした。すぐにリドリーが通信に応じた。

「よう、ワタリ。浮気を楽しんでるかい？」

「直してあげられないかな」

ワタリは本題から入った。

「無理だ」

リドリーは即答した。ワタリが何について話しているのか、すぐにわかったらしい。

科学者である彼女は、ワタリよりも早くメイドの胸部損傷には気付いていた。そしてそれが明日の昼で限界を迎えることも。だから、ワタリを一日貸してやることにしたのである。

「リドリーの科学力でも無理なの？」

「コアの修復は複雑なんだよ。それはアンドロイドの動力源であると同時に、感情や記憶、思考を司っているんだ。専門家でないとまず無理。私でも修復そのものはできるかもしれないが、感情その他が吹き飛ぶ可能性が高い」

「そんな……」

「それに、ただでさえそのメイド、壊れてるだろう？　多分思考力も傷ついているんだ。そうでないと全くの他人を自分の主だとは思わないだろう」

それにはワタリも心当たりがあった。

「ちょっと話が嚙み合ってないところがあるね」

「そうだろう。そんなデリケートなもの、私の手には余るよ」

無言が二人の間を満たした。

「何かしてあげられないかな」

「そのままお嬢様のふりをしてやることだ」

「でも……騙してるみたいで……」

「本当のことを言う方が酷だろう。第一、理解できないんじゃないか」

「理解できない？」

「言動からして思考回路が壊れていそうな様子だった」

確かにその気配はある。あのメイドは、ワタリが何度否定しても彼女のことを主だと信じている。

ちょうどその時、メイドが部屋に入ってきた。

彼女は右手に七面鳥によく似た鳥の丸焼きの乗った皿を、左手に大きなドリアの乗った皿を持っていた。

「お嬢様の大好物をご用意しました。ご用意しすぎたかもしれません」

焼けた肉の香ばしい匂いがワタリの鼻腔(びこう)をくすぐった。

「すごくおいしそう」

「すごくおいしいです」

メイドはえへんと胸を張った。

「ソースは手製のものですし、食材も今朝、森で捕まえたばかりの獲物です」

そう言うとメイドは、白いクロスの敷かれた丸テーブルの上に料理を置いた。

「どうぞお召し上がりください」

「うん。そうする」

ワタリがテーブルに着いて、言った。

「アンドロイドもご飯は食べられる？」

「食べることはできますが、必要はありません」

「じゃあ、一緒に食べようよ」

「必要はないのですが……」

ワタリはすうと深呼吸をしてから、意を決して言った。

「……最後の夜なんだから、一緒に食べたいよ」

リドリーとの通話を経てワタリは心に決めていた。決めていたからそう言った。

このメイドが明日の昼までには機能停止するなら、せめてそれまでは主のふりをしようと。

「お嬢様……」

それでもメイドは少し迷っていたようだが、最後にはテーブルに着いた。

「では……お言葉に甘えさせていただきます」

「じゃあ、いただきます」

「いただきます」

二人は一緒に食事を始めた。食器の音がかちゃかちゃと響いている。

「う………」

食事に誘ったはいいが、ワタリは参っていた。

（楽しい食事といったら、楽しい会話が必要だよね……）

でも、

（何を話せばいいかわからない……）

もともとワタリは極度の人見知りで、リドリー以外との会話が苦手なのだ。

リドリーがいてくれたらと思う。彼女ならきっと気さくな会話をすることができるはずなのだ。

完全に参っていたワタリだが、それでもなんとか会話をしようと思った。

だってこのメイドは昼まで持たないのだ。ならば彼女のお嬢様と（本当は違うけれど）少しでも楽しい時間を過ごしてほしいとワタリは思う。

（ここは私が頑張らないと……！）

ワタリは無理くりに言葉を絞り出す。

「今日は……いい天気だね」

「いい天気……？」

メイドが窓の外を見つめる。空にはいつのまにか雲が出てきていた。全然いい天気ではない。

「曇っていると思うのですが……」

「あ、あはは……。そうかもね。少しは曇っているかもね」

ワタリの受け答えに、メイドは優しく微笑（ほほえ）んだ。

「お嬢様。無理に話題を作ろうとなさらなくてよいのですよ。あまりお得意ではないのでしょう？」

「ええと、まあ……」

「そのお心遣いだけで、私は天にも昇る心地ですよ」

「そう言ってもらえると気が楽かも」

それでワタリは少しだけ安堵できた。

メイドが尋ねた。

「ですが……差し支えなければ、お嬢様の旅がどのようなものだったのか、お聞かせ願えますか」

「あ、それなら話せそう」

途端、ワタリは饒舌になった。自分の好きなことになると言葉につっかえずに話せるのである。

「特に思い出深かったのは……」

ワタリの話をメイドは穏やかな表情で聞いていた。適切なところで相槌を打った。彼女は聞き上手だったから、ワタリも調子よく話ができた。

喉が渇くころに差し出してくれた果物のジュースが美味しかった。

語らいの後はもう眠る時間だった。

「寝室へとご案内いたします」

メイドと並んで、船内の廊下を歩く。この時にはワタリもメイドに対して心を許していた。

楽しい食事ができたおかげだった。

ワタリには確信があった。このメイドはポンコツかもしれないけれど、悪い人じゃない。

並んで歩いていると、ある部屋の前を通りかかった。

――お嬢様のお部屋。

室名札のプレートにそう書かれた部屋だった。

「ああ、この部屋が……」

ワタリにはわかった。自分は今日この部屋で寝るのだ。何故なら今の自分はお嬢様なのだから。

ワタリが『お嬢様のお部屋』の扉へと近付こうとしたその時だった。

「いけません」

メイドがワタリの手を強く握っていた。

万力のように強い力で、ワタリを引き留めている。

「そのお部屋に入ってはいけません」

「な、なんで……。私の部屋でしょう」

「そのお部屋に入ってはいけません」

ワタリはぞっとした。目の前のメイドが恐ろしく無機質な表情をしていたからだ。アンドロイドだからという無機質さではない。もっと威圧的な、有無を言わせぬ何かだった。

「わ、わかったよ……」

ワタリは大人しく引き下がった。争うつもりはないし、この部屋で眠ることに執着しているわけでもない。

　途端、メイドは大らかな表情になった。

「お嬢様には、別の部屋をご用意しております。とても素敵なお部屋ですよ」

　案内のためにメイドは歩き出した。彼女はさっきまでの圧のある表情とは全く別人の、優しい顔になっていた。

　けれど、メイドがワタリの手を離すことはなかった。勝手にどこかに行かないように、鎖でつないでいるかのようだった。


　ワタリが案内された寝室には、心地よさそうなベッドがあった。

　メイドはワタリに布団(ふとん)をかけると、自分はその傍(かたわ)らの椅子に腰かけた。

　メイドがおずおずと言った。

「……お嬢様のお傍(そば)に控えさせていただいてもよろしいでしょうか」

　ベッドの中からワタリは尋ねた。

「……一緒にいた頃は、いつもそうしていたんだっけ？」

　メイドはかぶりを振った。

「いえ……。お嬢様が小さい頃は一緒に眠らせていただきましたが、お年頃になられてからは……私のことを煩わしく思われたようでして……」

メイドは椅子から静かに立ち上がった。

「失礼いたしました。今のは私の我儘でした」

メイドは部屋の外へ向かおうとする。けれど、ワタリはベッドから手を伸ばして、メイドの手首をつかんだ。

「お嬢様……？」

ワタリはメイドを引っ張った。ワタリは力が強かったから、メイドを簡単に引き寄せることができた。ふかふかのベッドの中にメイドが引きずり込まれる。

「何を……」

「明日で機能停止しちゃうんでしょ」

「そうですが……」

「だったら……今晩くらい一緒に寝ようよ。……昔みたいに」

「お嬢様……」

途端、ワタリを見つめるメイドの瞳に水の膜が張った。メイドアンドロイドの瞳には、コアの感情に応じて涙を流す機能が搭載されているのである。

「ありがとうございます」

メイドはワタリの体を強く抱きしめた。

メイドの声がワタリに降ってきた。

「昔に戻ったような気持ちです」

ワタリも調子を合わせて言った。「私も……」

このまま寄り添って朝まで過ごそう。そう思ったワタリだったが。

「では、失礼して」

メイドは何故かワタリに覆いかぶさって、寝衣の中をまさぐり始めた。

「ひょえ！　何を……」

「何をって。もちろん、夜伽です」

「はい⁉」

「お年頃になったお嬢様と一緒に寝るとは、そういうことではありませんか？」

「全然違うよ！」

「大丈夫です。性処理の知識もコアには標準搭載されています。実践の経験はありませんが、脳内ならぬコア内でシミュレーションは何度もしてきましたし」

言いながらメイドはワタリの寝衣の中をまさぐり続けた。

「このポンコツアンドロイドォ！」

ワタリの絶叫が星にこだました。

「はぁ……はぁ……はっ……」

ベッドの上には寝衣の乱れたワタリとメイドが仰向けになっていた。シーツはぐちゃぐちゃになり、布団は床に落ちていた。

二人の体はじっとりと汗に濡れていた。メイドアンドロイドには発汗機能も搭載されている。「より人間に近付ける」程度の意味しかない機能である。

「驚きました……お嬢様がこんなにも激しいなんて……」

「そっちこそ……私の動きにここまでついてこられるとは思わなかったよ」

二人の間に、情事があったわけではない。

夜伽をしようとするメイドと、それを拒むワタリとの間でくんずほぐれつがあっただけである。

「仕方ありません……。夜伽は諦めます」

「うん。そうして……」

「ふふ、うふふふ……」

どうしてか隣のメイドが笑い出した。

「どうしたの？」

「いえ、なんだか嬉しくなってしまって」

「嬉しく？」

「お嬢様は覚えておられないでしょうが、小さい頃のお嬢様は本当に暴れん坊でして。よく、こうやってドタバタしたものでした。それを思い出したのです」

　メイドは細めた瞳でワタリを見つめて言った。

「やっぱりあなたは、私のお嬢様です」

　瞬間、ワタリは胸が締め付けられる思いがした。

「……お嬢様、どうかされましたか？」

　ワタリは少し考えて、言った。

「私にしてあげられることはない？」

「えっ？」

「最後に何かしてあげたいの」

「主に何かしていただくなど、メイドとして恐れ多いですが……」

　けれど、メイドは言った。

「ひとつだけ、お願いがございます。私ではどうしても解決できない問題があるのです」

「何かな？」

「……明日の朝にお話しいたします」

　メイドはそう言うと、ワタリの小さな手を握った。人工皮膚のぬくもりが伝わってきた。

「今宵はもう寝ましょう。たくさん暴れてお疲れでしょう」

　二人は手を握ったまま眠ったのだった。

朝が来た。柔らかで澄んだ陽射しが、窓から差し込んできた。この星に棲む鳥の鳴き声が聞こえてくる。

ワタリが目覚めると、隣にはメイドはいなかった。

一瞬、ワタリは不安になった。猫が死期を悟るとどこかへ消えるように、あのメイドもどこかへ消えてしまったのではないかと思ったのだ。

が、それは杞憂だった。すぐに部屋の扉が開けられて、メイドが入ってきたのだ。メイドが手にしているトレイにはサンドイッチとジュースが乗せられている。

「そろそろお目覚めかと思い、朝食の準備をしておりました」

「……よかった」とワタリは自分にしか聞こえない声で呟いた。

「歯を磨いて差し上げますので、その後でお召し上がりください」

「歯磨きくらい自分でできるよ」

メイドが朝食の乗ったトレイを丸テーブルの上に置こうとしたその時だった。

「……っ！」

途端、メイドがバランスを崩した。足がもつれたようだった。

ワタリは即座にベッドから飛び降りて、メイドを支えた。抜群の運動能力を誇るワタリは、メイドの手から落ちたトレイも空中で見事にキャッチした。

「大丈夫……？」

　ワタリが尋ねると、メイドは悲しそうな顔をして答えた。

「申し訳ありません。不甲斐(ふがい)ないところを」

「もう……限界ってこと？」

「そのようです。あと……一時間ほどでコアが機能停止するでしょう」

「そう……」と言って、ワタリは目を伏せた。

「……だったら、昨日の夜に言っていたことをさせてよ。何か私にしてほしいことがあるんでしょう」

「まだ一時間あります。お嬢様の歯を磨かせてください」

「そんなことしている場合じゃ……」

「お願いです、お嬢様」

　メイドは、自分を抱きすくめているワタリの服をぎゅっと摑(つか)んだ。

「お嬢様にご奉仕するのが、私の幸せなのです」

　それを言われれば、ワタリは引き下がるほかなかった。

　メイドに歯を磨いてもらい、朝食を食べた。体を蒸しタオルで拭いてもらい、長い髪を梳(す)いてもらった。二人がいるのは半壊しているとはいえ宇宙船だったから、生活に必要な器具はほとんどそろっているのだった。

奉仕をされる度にワタリは悲しくなっていった。昨夜まであんなにも元気だったメイドの手が、弱々しく震えている。それが弥が上にも彼女の停止を感じさせたのである。

最後にメイドは、ワタリがいつも着ている黒のワンピースを持ってきた。いつの間にか洗濯されていたらしい。それをワタリに着せていく。袖を通すと気持ちよかったし、柑橘系のとてもいい香りがした。

ワタリの世話が全て終わった頃には、一時間が経とうとしていた。メイドは一人で立つのも難しい状態になっていた。ワタリがメイドに肩を貸して、心配そうに言った。

「さすがにもう……」

「……そうですね。残念ながらここまでのようです。ではお嬢様……。私の願いを叶えていただけますか?」

頷いたワタリにメイドが言った。

「お頼みしたいのは……『お嬢様のお部屋』のことです」

ワタリの脳裏に昨日の部屋が過った。入ってはいけないと言われた部屋。

「あの部屋の中には……恐らく……」

メイドの言葉が途切れ途切れになった。機能停止が近いためというよりは、奥歯に物が挟まっているかのようだった。

「その部屋の中にある……それを……お嬢様に託したいのです」

「何かって言うのは……」

「……それは」

メイドはしばらく黙ってから、口を開いた。

「申し上げられません」

「どうして……？」

メイドはワタリの問いに答えずに続けた。

「どうかご安心ください。その部屋にあるものがお嬢様に害をなすことは決してありません」

ワタリの中には一体何があるのか問い詰めたい気持ちがあったが、抑え込んだ。このメイドはもうあとわずかで機能停止する。詰問したくない。だからワタリは微笑んで応えた。

「わかった。約束する。部屋の中のものは私に任せて」

ワタリの言葉を聞いて、メイドは心底から安らいだような顔をした。

「それを聞いて安心できました。主に迷惑をかけるのは、心苦しいですが……」

「ううん。そんなことない」

ワタリは言った。

「今までずっと助けられてきたんだもの。最後くらい恩返しをさせて」

それは嘘と言っていいのかもしれない。このメイドの主になりきっての言葉だった。

「ふふ……」

メイドは薄く笑って、言った。

「最後まで私のお嬢様でいてくださって、ありがとうございました」

少し奇妙な言い回しだった。

それがどういう意味なのか、ワタリが聞くことはできなかった。

すでにメイドは機能停止していた。メイド服の胸部から透けていた光が、消えていた。

「………」

動かなくなったメイドを抱いたまま、ワタリもしばらく停止していた。

やがてワタリは動き始めた。メイドを抱き上げると部屋にあったベッドの上にそっと寝かせた。

やらなければならないことがある。

ワタリは、例の部屋に向かった。

『お嬢様のお部屋』の前に着いた。

この部屋の中に何かがあるらしい。メイドが自分に託した何かが。

いったい何が。害のないものとは聞いていても緊張した。

しばらく扉を見つめていた。よく見れば扉には微かに焦げ跡のようなものがついている。気づかなかったのは、メイドが掃除や塗装で修繕していたからのようだ。

やがて決心してワタリは扉を開けた。

中は薄暗かった。窓から光は差し込んできているが、部屋の全部を照らすには足りない。

部屋は埃っぽかった。何年も手が入っていないような印象だ。あちこちに黒い物体が散らばっている。それは焦げた調度品等々の成れの果てだった。

部屋の奥に、黒い闇が蟠っている。

ワタリは警戒しながら、それに近付いていった。

少し近付いてわかった。黒い闇に見えたそれもまた焦げた物体だった。人だった。

真っ黒に焦げた人。

体格からして子供と思われた。

「骨格からして、女の死体だね」

焼死体を見つめていると背後から声がした。振り向くとリドリーがいた。

「どうしてここに」

「そろそろあのメイドが機能停止する頃だと思ってさ」

リドリーは話をしながら、焼死体を見つめた。興味津々と言った様子だった。

「『お嬢様のお部屋』にあった女の子の死体。これはいったい何者なんだろうね」

「決まってるよ」

ワタリは即答した。

「あのメイドの、本当の主。本物のお嬢様だよ」

ここは『お嬢様のお部屋』なんだからとワタリは付け足した。

「待て待て。それは私も考えたが」

リドリーがワタリを制して言った。

「ありえないだろう。だってあのメイド、言ってたじゃないか。自分の主は、星を巡って旅をしているって。だからワタリのことを主だと勘違いしたわけだし」

ワタリは言った。

「多分それ、全部嘘だ」

「えっ」

「あのメイドは私のことを主だなんて勘違いしてなかったんだ。ポンコツなんかじゃなかったんだよ。最初から私が別人だってわかってた」

「どういうことなんだい」

「彼女は主に遺棄されたメイドなんかじゃなかったんだ。それこそ私たちの勘違いだった」

ここからは私の推測も混じってしまうけれどと前置きして、ワタリは話し始めた。

「あのメイドは、本当は主と一緒に宇宙を旅していたんだと思う。それが何かの事故で、宇宙船がこの星に墜落してしまった。だからこの宇宙船は半壊しているし、あのメイド自体もひどく損傷してたんだと思う。そして主は……」

「墜落の時に起きた火事で死んだ、ということか」

「うん。きっとこの部屋に閉じ込められて……焼け死んでしまったんだろうね」

「でも、おかしいじゃないか。それならメイドは主の死を知っているに決まっている。どうしてワタリを主と言い張ったり、主は旅をしているなんて嘘を……」

「知ってたと思うよ。受け入れなかっただけで」

　ワタリは思い出していた。昨夜、この部屋の扉を開けようとしたときに、それをかたくなに拒んでいたメイドの姿を。

「主の死を見ないように扉を閉ざしたんだ」

「……そういうことか」

　リドリーも得心がいったようだ。

「主は死んでいない。けれど、主はここにいない。その矛盾を受け入れるために彼女が思い付いた嘘が、主は宇宙を旅しているというものだったわけか」

「うん。何年もそんな嘘の中に生きてたんだと思う」

　そんな状態で、自分が終わる直前に、地球人の少女がやってきたとなれば。

「思いたくもなるだろうね。自分の主が帰ってきたって」

ワタリは丁重に焼死体を運び出すことにした。劣化したそれは少しでも雑に扱えばボロボロに崩れてしまいそうだった。

自動扉を抜けて、宇宙船の裏へと向かった。そこには一本の樹がある。白い花びらが雪のように舞っている。無数に咲いている白の花は、昨夜の浴槽に浮かべられていたものと同じだとワタリは気付いた。

リドリーが万能小物入れからスコップを取り出した。ただのスコップではない。強烈な掘削能力を誇る代物で、あっという間に木の根元に穴を掘ることができた。

その穴に、ワタリは焼死体を入れた。

続けて彼女は機能停止したメイドも運んでくると、一緒の穴に入れた。

土をかけるワタリの中で、メイドの言葉が残響していた。

——最後まで私のお嬢様でいてくださって、ありがとうございました。

# 白の星

　ワタリは不満だった。

「ねえ、リドリー」

「う～ん？」

　リドリーは宇宙船内の設備で薬品の実験をしていた。右手に赤い薬の入ったフラスコを、左手に青い薬の入ったフラスコを持っている。リドリーの背中をワタリがじーっと見つめていた。

「最近かまってくれないよね」

「う～ん？」

　薬品を凝視しているリドリーの返事はおざなりだ。実験に意識が向いている。

　ワタリはうんざりした口調で言った。

「最近っていうか、前からリドリーはそういうところあるんだよなぁ。実験とか研究とか自分が興味のあることばっかりに夢中になって……」

「わかったわかった。後で聞くよ。今いいところなんだ」

「…………」

　星間航行は暇である。だからこそワタリはリドリーにかまってもらいたいのだが。

リドリーは、いつだって自分の好きなことをしてしまう。

ワタリはジトッとした目でリドリーを後ろから見つめているが、リドリーは振り向きもしない。実験に首ったけだ。

やがて、

「よし、できた！」

赤と青の薬品を混ぜ合わせてできた紫の薬品を掲げて、リドリーが歓喜の雄叫(おたけ)びを上げた。

「今の私の科学力の粋を結集させてできた魔法の薬だ！　太古から人類が抱いていた夢が今！　完成した！」

「ふぅん……」

ワタリはそんなものには興味がない。人類の夢などどうでもいい。それよりもリドリーと一緒にだらだらしたり、話をしたり、ゲームをしたりしたいのだ。

ぶすっとしているワタリに気付かずに、リドリーは上機嫌で言った。

「ノリが悪いな。どんな薬かと聞いてくれよ」

「ドンナクスリ？」と感情のこもっていない声で尋ねた。

「聞いて驚くなよ。なんとこれは、性別を反転させる薬だよ」

「……………」

「男が飲めば女に、女が飲めば男になるんだ」

「…………」

「なんでそんなに冷たい目で私を見るんだ」

「何の役に立つの、その薬」

「何の役に、だと？」

　リドリーが心外そうに言った。

「わかってないな。何の役に立つのかは全く重要じゃない。こういう薬を作れたことが大事なんだぜ。科学者とは芸術家だからね。自分の理想を実現させるのが最重要。何の役に立つかなんて、あとで考えればいいのさ」

「そっか。私よりも何の役にも立たない薬の方が大事なんだね」

「どうしたワタリ。めんどくさい彼女みたいなこと言って」

「別に……」

「明らかに別にって顔じゃないぞ」

「別に」

「はあ……本人がそう言うならいいや」

　その言葉を聞いてワタリはますます不服そうな顔をしたのだが、リドリーはやはり気付かずに完成した薬を小さな容器に移していた。

　ちょうどその時だった。宇宙船に備え付けのレーダーが新たな星を感知したのは。

馬車は早速その星へと近づいていく。

やがて窓から星が目視できるようになった。

見えてきたのは白い星だった。

「綺麗（きれい）……」とワタリが漏らした。

「見た目の美しい星は、それだけでテンションが上がるね」

白い星を目指して、馬車は宇宙の闇を駆ける。


馬車が星に降り立つ。その瞬間、何故（なぜ）星が白かったのかが分かった。

大地一面が百合（ゆり）の花で覆われている。地平線の向こうまで真っ白だ。

「花園だ……」

百合（ゆり）の花園だった。

二人は馬車から少し歩く。

白の花園には、そこに住む者たちがいた。

けれど、その者たちはどうやらこの星の土着の星人ではなさそうだった。多種多様な風貌をしている。色んな星人が集まってきているように見えた。

だが共通していることもある。

全ての者たちが美しい女性であること。

そして全員がつがいを作って、仲睦まじくしていることだった。

長椅子に座っている二人の女性は、膝の上にお弁当らしきものを乗せていた。

「お姉様、あーんしてください♡」

「あ～ん……」

大きく口を開けた片方の女性に、もうひとりの女性が食べ物を放り込んでいた。

違うベンチにも女の子が二人いた。短髪の女の子を、長髪の女の子が膝枕している。

黒くて長い髪がカーテンのように、短髪の女の子の顔に降りていた。

見上げる短髪の女の子が言った。

「お姉様……」

言って、短髪の女の子が長髪の女子へと手を伸ばす。長髪の子の頬を撫でた。

長髪の女の子が応えた。

「ん……」

小さくそう言った長髪の女の子は、自分の顔を短髪の女の子の顔へと近づけていった。

唇と唇が触れ合う音が聞こえた気がした。

「わ……わぁ……」

ワタリは赤面して、顔を手で覆いながら――けれど、指の隙間からしっかりと瞳を覗かせて
――その様子を眺めている。

「なあ、なあ」

リドリーがにやにやしながらワタリの服を引っ張った。

「あっちのがすごい」

リドリーが指さした方向にも、二人の女の子がいた。

その二人は両手の指を絡（から）ませて、身を寄せ合っていた。長身の女の子の胸に、背の低い女の子が顔をうずめている。

背の低い女の子が言った。

「お姉様、もう我慢できません……」

そう言うと背の低い女の子は、長身の女の子を押し倒した。百合（ゆり）の絨毯（じゅうたん）の上に二人の体が沈み、白い花弁が舞い上がった。

長身の女の子が、背の低い女の子を押しのけようとしながら言った。「ダメ……こんなところでは。人の目が……」

「人に見られてもかまいません！」

背の低い女の子が遮った。

「お姉様と今すぐに愛し合いたいのです」

「あなた……」

それで長身の女の子は抵抗をやめた。百合（ゆり）の花の隙間から、衣擦（きぬず）れの音が微（かす）かに聞こえてくる。

ワタリが戸惑いながら言った。

「一体この星は……」

「美しいでしょう?」

ワタリの問いに応じたのは、リドリーの声ではなかった。

気付けば、一人の女性が二人の下へやってきていた。

その女性は明らかに人間ではなかった。

真っ白な髪に、真っ白な肌。瞳の色は淡い黄色で、甘い香りを漂わせている。手足は茎のように細い。人間離れした美しさだった。

リドリーが尋ねた。ワタリはリドリーの背後に隠れてしまっていた。

「あなたは……」

「私はリリィ。この星……いえ、この花園の主。地球人のあなたたちにもわかりやすく言うと女神のようなものよ。百合(ゆり)の女神」

「私たちが地球人とわかるんですか」

「ええ、だってここには地球の女性の移住者もいるもの。みんな、私の大事なお花」

リリィは二人に微笑(ほほえ)んだ。

「長旅お疲れ様でした。あなたたちはついに楽園に至ったのよ」

「楽園……？」

「この花園はね、私が作った楽園。完璧な美の領域。美しい女性と、彼女たちを繋ぐ美しい愛だけに満ちた場所。おめでとう、私はあなたたちをこの星の住人として認めます」

たまたま近くにいた女の子が言った。

「リリィ様に選ばれるのは光栄なことなのですよ。美しき愛を宿した女性同士の組み合わせでなければ、この星には入ることもできないのですから」

その女の子のつがいが言った。

「ここは素晴らしい星です。衣食住をリリィ様が保証してくださる上に、ここにいれば歳を取らないのです。リリィ様の魔法で、私たちは決して枯れない百合の花となるのですよ。愛する者と永遠に一緒にいられるのです」

「ふぅん」と言ってリドリーは思案した。

「そういう法則の星か」

星によっては不可思議な法則が働いている星もある。このリリィなる女神の力で、この星の人間は守られているのだろう。

リリィがリドリーとワタリに言った。

「あなたたち、とっても素敵よ。私、すっごく気に入っちゃった。是非この花園に加わってちょうだい。永遠に私が魔法で守ってあげるから」

ただね、とリリィは言った。

「魔法をかけてあげるためには、条件があるんだけれど……」

「どんな条件ですか……」

聞いたのはワタリだった。人見知りの彼女が自分から他人に話しかけるのは珍しいことだったから、リドリーが尋ねた。

「おや、興味があるのかい」

「そりゃあ、あるよ。だってここにいれば、リドリーとずっと一緒にいられるんでしょ。ま、
リドリーは私と一緒にいるの嫌だろうけど」

つんとした様子で言うワタリに、リドリーは即答した。

「嫌なわけないだろ」

「じゃあ、教えてもらおうよ。どんな条件を満たせば魔法をかけてもらえるのか」

ワタリは少し不安そうな顔をしてリリィを見た。彼女は経験上、この手の条件は厳しいことが多いと知っているのだ。

「……どんな条件なんですか」

けれど、リリィはワタリの不安を見抜いたように言った。穏やかな表情だった。

「そんなに怖がらないで。大丈夫。条件といっても難しいものじゃないわ」

リリィは胸の前で手を合わせて言った。

「二人がキスをしてくれればいいの」

ワタリが目を見開いて言った。

「キスを……？」

「ええ、それだけよ。そうしたら二人に私の魔法がかかるの。キスで魔法がかかるなんて素敵でしょう」

「それで……衣食住が保証されて……歳（とし）も取らなくなるんですか」

「その通り！　脆弱（ぜいじゃく）なあなたたちは私が守ってあげる！　さあ、はやく私にキスを見せて！」

リリィは自分の体を抱くようにして、身悶（みもだ）えした。

「女の子同士の美しい愛。それだけが私を昂（たかぶ）らせるのよ！」

ワタリがリドリーを見た。

「リドリー……」

ワタリの顔は真っ赤だった。

「人前では恥ずかしいけど……。それでこの旅が終わるなら」

リドリーは答えた。

「……そうだな」

リドリーは続けた。

「悪くない。衣食住はもちろんだが、不老になるのがいい。現代科学でも達成できない、人類の夢だ」

リリィが歓喜する。

「そうでしょう！　だったら早くキスを！」

けれど、とリドリーは言って、リリィを見た。

「あなたの言葉が引っかかる」

リリィは素っ頓狂な声を出した。

「ええっ？」

「言葉ってのは端々に思ってることが出るものです。気に入ったとか、住人として認めるとか……あなたの発言はどうにも他人を見下しているきらいがあります。キスをさせる……っていうのもね。ナンセンスだ。キスってのは……世界で一番自由でなくちゃいけないのに」

リドリーはそれこそ見下したような顔でリリィに言った。

「私は自分がしたい時に、ワタリにキスをします。それ以外では、たとえ女神様の命令でもお断りです」

そう言うと、リドリーは女神に背を向けた。ワタリの手を摑んで、馬車へと歩き出す。

「行こう、ワタリ。他の星を探そう」

「ええと……」

引きずられるようにワタリが歩き出す。

だが、二人の歩みは阻まれた。

二人の前に女の子のつがいが立ちはだかったのだ。

リドリーが脅すような低い声で言う。

「どいてください。私たちはこの星を出るんです」

「行かせないわ」

背後でリリィが言った。

「私はね、あなたたちをすごく気に入ったの。見た目が好みなの。あなたたちが愛し合っているのを絶対に見たいの。私のお花に加わってくれないと嫌なの。私の花園は女の子同士の愛で調和する、完璧な美なのだから！」

女の子二人が、ワタリとリドリーの手を摑んだ。

「キスをしないと言うなら、させるまでよ」とリリィが言うのが聞こえた。

二人の女の子の目はうつろだった。そこに意思の光は感じられない。

女の子二人はすさまじい力でワタリとリドリーを拘束すると、二人の顔を近づけさせようとした。

リドリーがため息を吐いた。「やっぱり裏があったな」

リドリーがワタリにアイコンタクトを送る。ワタリがそれに頷いた。

ワタリは怪力で自分を拘束している女の子を撥ねのける。そしてリドリーを拘束している女の子も引きはがした。

撥ねのけられた女の子と引きはがされた女の子は、今度はワタリに襲い掛かってきた。ワタリの強さに面食らったり、怯える様子もなかった。まるで機械の人形のようである。

「ごめんね」

ワタリは軽く二人をいなすと、首の後ろを手刀で打って気絶させた。

「これでひとまずは大丈夫かな」

二人はリリィを見た。彼女自身が襲ってくる様子はない。おそらくはリリィ自身の戦闘能力は低いのだろうとリドリーは推測した。

「さっさと馬車に乗ろう」

無数の足音が聞こえてくる。花園にいた女の子たちが、一斉にワタリとリドリーに押し寄せようとしていた。

ワタリはリドリーに尋ねた。「この園の人たち、みんな女神の手下だったの？」

「女神の魔法で操られてるんだろう」

リドリーはリリィの発言を思い出す。

「アイツの口ぶり……まるで私たちにキスさせれば全て思い通りにいくかのようだった。おそらくはキスをさせた相手を女神は支配できる」

花園の女の子たちが操られているかのように襲い掛かってくるこの状況を説明するにはそれ

しか考えられなかった。

「気に入った女同士に、変なことさせて楽しんでるんだろう。変態の女神だ。こんなところにはいられない」

「……うん」

二人が駆けだしたその時、百合の甘い香りがふうわりと漂ってきた。

途端、異変が起きた。

「⁉」

ワタリが突如としてリドリーの手を掴んできたのだ。そして彼女を花園の上に引き倒した。

驚いたリドリーが、ワタリを見上げて尋ねる。ワタリの長い髪がさらりとリドリーの上に落ちてきていた。

「な、何を……!」

「リ、リドリー……」

ワタリの様子がおかしい。顔がほんのりと赤くなっている。吐く息も熱を帯びている。

ワタリはリドリーに覆いかぶさって、万力のように手を掴んでいた。

くすくすという笑い声が聞こえてきた。

「ダメじゃない。ちゃんと愛してあげなきゃ」

リリィの声だった。

「この花園に咲く百合の香りは毒なの。吸った者が抱いている、愛への欲望を強めるのよ」

「嘘を言うな」とリドリーが即座に切って捨てた。

「異星に来るときは、私とワタリは有害な毒や菌をシャットアウトする薬を飲んでいるんだ」

星にある温泉を堪能するなどの特別な状況でない限り、いつも薬は飲んでいる。

「無駄よ。だってこの香りは脳じゃなくて心に作用するのだから。物理的なシャットアウトに意味はないの」

リリィは楽しそうに続けた。

「この香りを吸った人はね、寂しさを感じていればいるほど相手を強く求めるようになるの。最近、その子にそっけなくしていたんじゃないかしら」

「何一つ心当たりはないね！」

嘘である。心当たりはありすぎた。

「リ、リドリー……」

ワタリがとろんとした目で見つめてくる。

「キス……しよ……？」

「くっ……」

リドリーは歯噛みする。状況は危機的だった。リドリーにワタリを撥ねのける力はない。ワタリの顔が近づいてくる。もはや避けようもなかったが……。

「う……」

そこでワタリは弾けるようにリドリーから離れた。

「に……逃げて、リドリー……」

ワタリは胸を押さえてうずくまった。どうやら暴走する自分の体を抑え込んでいるようだった。

「はやく……行って……。長くは持たない……」

息も絶え絶えに言うワタリの背後でリリィが驚愕している。

「この子……百合の香りに抗っているの？　強烈な寂しさと切なさが押し寄せているはずなのに、それを堪えてまで恋人を逃がそうとしているの？」

ぶるりとリリィが震えた。

「ああ！　尊い！　ますますあなたたちが欲しくなったわ！」

リドリーは馬車へ駆けようとしたが、もう遅かった。ワタリに押さえつけられている間に、周囲の女の子たちが集まってきてしまっていた。

——かくなる上は。

リドリーはスカートの下からレディースのピストルを抜いた。それをリリィに向ける。

——原因を殺すしかない。

この花園の女の子たちはリリィの魔法で動いている。ならば、リリィを殺せば魔法は解けるはずだ。

狙いを定めて、引き金を引こうとした。その時だった。

駆けつけた女の子の一人が、リリィの前に踊り出た。手を大きく広げて、身を挺してリリィを守っていた。

「くっ……！」

不覚にもリドリーは止まってしまった。自分たちが生き残るためならば非情になれる彼女だったが、目の前にいるのはリリィに支配された被害者と思うと撃てなかったのだ。

その一瞬のためらいが致命的だった。

傀儡の女の子たちはもはやリドリーの目と鼻の先まで近づいてきていた。彼女たちの伸ばした手がリドリーに触れようとしている。触れられれば、非力なリドリーなどあっという間に引き倒されてしまう。

が、そうはならなかった。

女の子たちが触れるより早く、リドリーは目を瞑って自分の耳――イヤリング――に触れたのだ。

光の奔流。百合の花すら上塗りする白が花園を満たした。

「きゃあああ！」「うわぁああ！」

女の子たちは悲鳴を上げて、その場にうずくまった。瞳を手で覆いながら、悶えている者もいる。

リドリーのイヤリング型閃光弾が炸裂した結果だった。これならば女の子たちを傷つけずに無力化することができる。

「あら！　そんな武器が！」

リリィは手で上品に口を隠し、目を丸くして驚いている。閃光はリリィには効いていなかった。人でないからだろう。リドリーは女の子たちの合間を縫って、リリィに近付いた。そしてリドリーの腕前でも絶対に弾を外さない距離で、銃口を突き付ける。

「まあ、大変！」

今度こそ躊躇いなく引き金を引いた。発射された銃弾が錐揉みしながら飛んでいく。弾はリリィの額に吸い込まれていく。

なのに、
ありえないことに途中で止まった。

止められたのだ。

「な……」

だが止めたのはリリィではない。彼女にはそんな力はない。

ワタリだった。ワタリが弾丸をつまんで止めている。

ワタリが、リリィを守っていた。

思わずリドリーは目を剝いて叫んだ。

「ワタリ……何をしている！」

だが、リドリーの叫びもワタリには届かなかった。

「はぁ……はぁ……」

ワタリはすっかり上気しており、瞳もとろんと蕩け切っていた。呼吸も荒くて苦しそうだ。

リドリーは気付いた。

（甘い香りに完全に支配され——）

そう思った次の瞬間にはワタリはリドリーの懐に踏み込んでいた。その動きはリドリーの動体視力では追うことすらできなかった。

ワタリはリドリーの頬に手を伸ばして、摑んだ。そして片手でリドリーの顔をがっちりと固定してしまった。圧倒的な力だった。

ワタリが顔を近づけてくる。逃がさないようにして、キスをしようとしているのがわかった。

「ワ……ワタリ、正気に戻ってくれ……」

リドリーにできるのは、言葉で訴えることだけだ。頬を押さえつけられながら、どうにか言葉を繋いでいく。

「ワタリが手を放してくれれば……あいつを殺せる。ここで私たちがキスすることに……何の意味がある。そいつのコレクションになるだけだ……」

ワタリはリドリーを見下ろしながら言った。

「それの何が問題なの？」

「な、なんだと……」

「リドリーと今キスできるなら、どうなったってかまわないよ」

ワタリは苦しそうな顔をした。

「苦しいの、胸が。切なくてたまらないの。全部リドリーのせいだよ。リドリーがかまってくれないから」

ワタリは言った。

「リドリーが悪いんだよ」

ワタリの顔はもう近かった。今まさに唇が触れようとしている。

ダメだ。キスをされては。何もかもが終わってしまう。

お互いにそう思っていたが、抗（あらが）えなかった。

リドリーは諦めるほかなかった。

……思えばそう悪くもないのかもしれない。わけのわからない星で死ぬよりは。傀儡（かいらい）になってもワタリと一緒にいられるなら、最悪のケースではないだろう……。

そう思うことにして、リドリーは目をつぶった。

「ん……」

唇と唇が触れ合う感触がした。捕食のような口づけをワタリはした。

ワタリの柔らかさを感じる。ワタリの息がかかるのを感じる。

目を閉じて作った暗闇の中でリリィの狂喜する声が聞こえた。

「ああ！　ああ！　なんて美しいの！　これよ、私が見たかったのは！　なんていう尊さ！」

ワタリはリドリーを貪った後に、彼女を解放した。脱力しているリドリーに、リリィが言った。

「さあ、これで魔法がかかったわ。あなたたちは私の花になったの。全てが私の思うまま。あなたたちの愛をもっと見たい。だから、命じるわ」

大興奮しているリリィはリドリーとワタリに、びしっと指を突き付けて命じた。

「二人とも。秘めている感情をさらけ出しなさい。互いに愛をぶつけ合う姿を見せて！」

「…………」

リドリーもワタリも、もう逆らえない。二人はキスをしてしまった。花園にいる女の子たち同様に、リリィを楽しませるための花になってしまったのだ。

リドリーがゆらりと立ち上がった。そしてワタリと向かい合うと、互いの指を絡ませて手を握った。

リドリーが小さく口を開けた。唇はワタリの首筋に近づいていく。甘く噛みつこうとしているのが分かった。リリィが血走った目でそれを見つめている。

「そう！　それ！　それよ！」

リドリーの歯が、ワタリの首の皮に触れた。微かに唾が滴って、ワタリの肌を濡らした。そのまま歯が深く突き刺さりそうになって、

「ああああああああああああっ！」

そこでリドリーは弾けるようにワタリから離れた。

「なっ！」

驚愕したのはリリィである。

「私の魔法が効いてないというの⁉　そんな馬鹿なことあるはずない」

戸惑いながらも、リリィはリドリーとワタリにもう一度命じた。

「早く求め合いなさい！」

けれど、リドリーもワタリも動かない。リリィは狼狽して、たじろいだ。

「あ、ありえない……。でも……」

いよいよ認めざるを得なかった。

「魔法がかかってない……。どうして。確かに二人はキスをしていたわ。魔法がかかった手応えだってあったのよ。なのに、何故……」

リドリーが低い声で答えた。

「ああ、そうさ。魔法はかかっていた、確かにな。これは賭けだった。『僕』としてもな……。

正直ほとんど諦めていた……」

　そこでリリィはおかしなことに気付いた。

「あなた、その声……」

　リドリーの声が妙に低い。それは怒っていたり、威圧している低さとは違う。

　女の子の声の低さではない。

「お前はこの花園の美を誇っていた。女性しかいない完璧な美だと。もしその秩序を乱すことができたなら……あるいはこの星の法則を突き崩せるんじゃないかと思ったんだ。『僕』という異分子を混ぜることで……」

　見ればリドリーに喉ぼとけができていた。胸のふくらみがなくなっている。手も大きくなっていて、肩幅も広くなっていた。

「あなた、男⁉」

　リリィの目が震える。声も震える。

「いえ、そんな馬鹿な。男はこの花園にそもそも入れないのよ！　私が入れないのだから」

「まったく。何の役に立つかは後で考えればいいと言ったが、その通りになったな」

　リドリーは花園に、小さな容器を放り捨てた。空っぽのそれは、性別を反転させる薬が入っていたものだ。

　ワタリにキスをされる直前、リドリーは一か八かその薬を飲み干していたのだ。

「そんなことが……」

リリィは頭を抱えて狼狽えている。

花園に変化が起こった。一面に咲いていた百合が枯れ始めたのである。力を失い、汚らしい茶色へと変わっていく。

「ああ、そんな！　そんな！　私の百合がぁ！　私の美がぁ！」

リリィは髪を振り乱して喚いた。

「百合が！　百合の花が！　儚く可憐な百合の花が！　私が守らなきゃいけない花がぁ！」

狂乱しているリリィにリドリーは言った。

「お前が何を言っているか、僕にはさっぱりだ……」

リドリーはリリィに指を突き付けていった。

「百合って植物は、お前が言うような脆弱な花じゃないんだぜ。驚異的な繁殖力と生命力を持っていて、動物に食われればそいつを毒で殺すこともある。誰かに守ってもらわなくたって、大地にしっかりと根を張って、天高く茎を伸ばし、誰にも染められない純白の花を咲かせるのさ」

花園の百合はすべて枯れ落ちた。大地は白から茶色へと塗り替えられた。

最後はリリィの番だった。純白だった髪が、肌が、茶色くなって萎んでいった。

死の間際、リリィは恨めしそうに言った。

「百合に男を挟んだばっかりに……」

それがリリィの最後の言葉だった。リリィは干からびて、地面に横たわった。

ちょうどそこでリドリーの飲んだ薬が切れた。男の子の体から、元の女の子の体へと戻る。

「持続力が全然ないな。それが次の課題か」などとリドリーは嘆息した。

リドリーはワタリに話しかけた。

「おい、大丈夫か」

「うん……」

ワタリは正気に戻っていたが、とても暗い表情で俯いていた。

「なんだ、そんな枯れ尾花みたいな顔して。枯れてるのはリリィだけで十分だぞ」

何をそんなに落ち込んでいるんだとリドリーは聞こうとした。が、聞けなかった。

会話を遮る者たちがいたからである。

「ありがとう、リドリーさん」

花園にいた女の子たちだった。彼女たちはリドリーを囲うようにして集まってきている。

「あなたがリリィを倒してくれたおかげで、魔法が解けました。これからは自分たちの心に従って恋ができます」

「ああ、そう……」

リドリーは女の子たちに大して興味がなかった。

「礼を言われることじゃない。結果として助けることができただけで、助けようと思って助けたわけじゃないからな」

「それでもあなたは私たちの恩人です。リドリーさん。いえ、リドリーお姉様と呼ばせてください」

「……うん？」

女の子たちの様子が、何かおかしかった。

「私たちは皆、恩人のあなたをお慕いしております。ですから、どうぞ私たちのお姉様になってくださいませ。リリィに代わってこの星に君臨してほしいのです」

見れば女の子たちはみな、とろんとした眼差しでリドリーを見つめていた。

「精いっぱい、お姉様に尽くさせていただきますわ」

「……とっととこの星を出るぞ、ワタリ」

群がる女の子たちをワタリに蹴散らさせて、二人は馬車に乗って宇宙へと飛び立った。

星から離れる。

リドリーは窓の外を見た。白かった星は、茶色の星へと変わっていた。

「美しいものを台無しにしたってことに関しては、心が痛まないでもないが……」

リドリーは馬車の席に座っているワタリに声をかけた。

「いつまでそんなに落ち込んでるんだ？」

「……うん」

ワタリは項垂(うなだ)れて座っている。先の星で正気に戻ってからずっとこうだ。

「そもそもなんでそんなに落ち込んでる？」

「だって……私……リドリーの足を引っ張っちゃったから……」

ワタリは辛(つら)そうに言った。

「リドリーのこと、襲っちゃった……」

ワタリは消沈していたが、リドリーは気休めを言わなかった。

「……確かにあれはヤバかった」

リドリーはワタリには嘘(うそ)は言わないのだ。

「正直終わったと思ったね。賭けがたまたまうまくいったからよかったが……。ワタリに邪魔されなきゃ、確実に私はリリィを殺せてたよ。危ない橋を渡ることなくな」

「……うん。本当にごめんね」

沈黙が馬車を満たした。

リドリーもワタリも口を利(き)かない。

が、ずいぶん経(た)ってリドリーが口を開いた。

「……が、そもそもワタリがああなったのは、私に責任がある」

リドリーはワタリの前にやってきた。

そして項垂れているワタリの顎を摑むと上向かせた。

「！」

ワタリが目を剝いた。

リドリーがワタリの頰に唇を当てたからだ。

「んぅ……」

それは、寂しい思いをさせたことへの謝罪だった。唇からそれが伝わってきた。

リドリーはすぐに唇を離した。

「……まあ、研究ばっかりしないように少しは努力する」

ワタリの表情が明るくなった。我ながら単純なものだとワタリは思った。リドリーがかまってくれたのが、どうしようもなく嬉しくて、暗い気持ちが跡形もなく吹き飛んでしまったのである。

ワタリはねだった。

「ねえ、もう一回」

「嫌だね」

リドリーは即答した。

「どうして」

「強制されるのは嫌だ。キスってのは、世界で一番自由でなきゃいけないのさ」

「……そうだね」とワタリは微笑んだ。

ワタリはそれ以上はねだらなかった。

──キスなんてしなくても。

自分たちを繋ぐ、確固たる絆を感じていた。

# 勲の星

リドリーは、相手の目を見るだけでその人が善人かどうか大体わかる。嘘をついているか、敵意があるかどうかもわかる。秀でた人間観察力のたまものだ。

その観察眼が言っているのだ。

「ここの星の人たちはみんなすごい善人だ！」

降り立ったその星の人々を見るなり、リドリーは言った。

が、ワタリはジトッとした目でリドリーを見ている。

「リドリーの目さ……」

「うん？」

「ぶっちゃけ役に立たないんだよね」

「なんだと……」

「だってそうでしょう。今日まで渡ってきた星で役に立ったことある？　敵意なく殺そうとしてくるやつとか、善意で殺そうとしてくるような相手には無意味じゃん。むしろその目のせいで油断してピンチになったことの方が多くない？」

「そ、それは……」

それはそうであった。

「で、でも……今回はマジ！　マジで大丈夫！　ダメだったらお仕置きしてくれてかまわないよ！」

「本当かなぁ……。まあ……でも、本当だったらいいよねぇ」

ワタリはあたりを見渡す。洗練されたデザインの建物に、利便性の高そうな交通機関、そして精肉工場が目に入った。この星は文明レベルがかなり高い。とても住みよい星のようだ。

「こういう星に住めたらいいねぇ」

「住めるさ。だって絶対にここの人たちは良い人だから。ほら、あそこの若者を見てごらん。率先してごみ拾いをしてるじゃないか。あっちの男の子は重い荷物を持った老人の荷物運びを手伝っているよ。そこの電車の窓に見える女の子は妊婦さんに席を譲ってあげてる。向こうの居酒屋にいる若者は率先してサラダを取り分けているじゃないか！」

「そんなところまでよく見えるね……」

そこで二人は気付いた。この星の人々はみな胸に勲章をしていることに。

「あの勲章は……」

通りかかった子連れの女の人がリドリーたちに話しかけてきた。

「この勲章はね、良い人勲章！」

女は子供を一人連れていた。

「この星の人はみんな良い人勲章をしているわ。厳しい審査をパスしたものだけが与えられる勲章なの。あなたたち、この星に移住を考えているの？　なら絶対にお勧めよ。だってこの星には良い人しかいないんだから！」

「おかあさーん」

女の人が連れていた子供が甘ったれた声を出した。

「もうおうちかえりたーい。おでかけしたくなーい」

女は子供をたしなめた。

「こら！　わがまま言わないの。悪い子ね。そういうこと言うからあなたは良い人勲章をもらえなかったんですからね」

「おうちかえる！　おうちかえるの！」

「もう！　最後くらい良い子でいてよ！」

女は子供を引きずるようにして精肉工場へと去っていった。

その背中を見送り、ワタリが呟いた。

「もしかして良い人しか住んでないのって……」

「………」

ワタリはやはりジトッとした目でリドリーを見た。

「ここ、住みたい？」

「いや……」

リドリーに馬車を出させると、ワタリはリドリーの手を引いて嬉(うれ)しそうに乗り込んだ。

「どんなお仕置きするか考えなきゃ」

# 無の星

ある小惑星の近くを馬車が通りかかった。

その星の気温はマイナス二百度を下回り、希薄な大気は窒素、メタン、一酸化炭素からなる。

地球人が住めるわけがない、まったく無価値の星であった。

そんな星はこの銀河にはありふれている。リドリーは気にも留めずに星の傍を通り過ぎようとしていた。

リドリーが窓からその星を見たのは、偶然にすぎない。

「嘘だろ……」

リドリーは見たのだ。

およそ地球人が住めないはずのその星に、生身の地球人らしき者がいるのを。

馬車は高速で移動していたので、すぐにその人物は見えなくなった。

「引き返すぞ」

リドリーは機械の御者に命じて、馬首をその星へと向かわせた。

不思議なものを見かけたら、正体を突き止めずにはいられないのが彼女の性分だった。

馬車が星に舞い降りる。

馬車から出る前にリドリーとワタリはリュックサックに似た機械を背負った。これは自分の周囲の気温、気圧、重力、大気などを地球の基準値と同じものに調整する機能があった。リュックサックほどの大きさなのは、中に空気が入っているためだ。これを放出して体の周りに維持することで呼吸するのである。

二人は星に降り立った。維持装置のおかげで問題なく行動できそうだ。

その星は一面が真っ白だった。気温が極めて低いゆえに、霜が降りているのに似た状態になっているのだ。ただその光景は美しくもあった。気圧や大気の構成の塩梅によるものか、霜は雪の結晶に似た形をしていた。星中に、結晶の花が咲いているかのようだった。

白くきらめく花畑の中に、目的の人物はいた。

座っている。

二人はその人間に向かって歩き出した。足を踏み出すと結晶がぱきりと音を立てて割れた。

近づいてみると、その人物の様子がはっきりした。

それは女だった。恐ろしく長い髪が絨毯のように広がっている。髪色はくすんだ金だ。

不思議な服を着ていた。いや、果たしてそれは服なのか。天体か、あるいはオーロラのようなものをドレスのように纏っている。

リドリーらが近づいても、その女は動かなかった。空っぽな水色の瞳で虚無を眺めているだけである。

だが、死んでいるというわけでもない。それがまたありえなかった。どう見ても地球人なのに、碌な装備もなしにこんな星で生きているなど。極寒と滅茶苦茶な気圧によって、凍った肉塊になっていないとおかしいのである。

「あの……」

リドリーが声をかけたが女は反応を示さなかった。

「もしもーし」

女の前で手を振ってみたり、体をつついてみたりしたが、まるで駄目だった。糸の切れた操り人形のように、女は動かない。

ややあってワタリが何かに気付いて言った。彼女の顔は引きつっていた。

「リ、リドリー……。この人、やばいかもしれない」

「見ればわかるよ。まともな備えなしでこんな星にいるんだから」

「そういうことじゃない。もっと桁違いな意味で……」

ワタリがぶるりと肩を震わせた。寒さのせいでないことは明らかだ。維持装置によって、ワタリの周囲の空気は常温に保たれているのだから。

「いつかの魔王と同じ感じがする」

それでリドリーの顔つきも変わった。

「……出よう」

「うん」

ワタリが馬車へと向く。黒いドレスが翻って、座っている女の視界に入った。

その黒を見たことで、空虚だった女の瞳におぼろな光が戻った。

座ったまま、女がゆっくりと顔を上げた。

女はリドリーとワタリを見た。ほのかな光が宿った水色の目が、二人を見つめる。それだけで二人は身動きができなくなってしまった。何か得体のしれない力に捕まってしまって、指先一つ動かせない。

女の白い唇が動いた。

「旅人よ、どこへ行こうというのだ」

女が声を発した。わずかにも感情が感じられない、無機質な声だった。

「ここがお前たちの望んだ、終わりの星だというのに」

圧倒的な恐怖が二人を襲った。いつかの魔王と全く同じである。

「う……うあ……」

彼我の力量差を敏感に感じ取れるワタリはぼろぼろと涙を零してしまった。口だけが辛うじて自由だったから、ワタリは絞り出すように言った。

「こ……殺さないで……」

女は無感情に言った。

「殺す……？　私が？　何故そんな無意味なことをしなければいけない？」

ああ、そうかと女は言った。

「怯えているのか」

途端、二人を拘束していた謎の力が消えた。同時に女が醸し出していた異様な圧も消え失せた。

「これならば、臆せずに話せるか」

不思議なことに二人の心から恐怖心が消え去っていた。それもまた女の力なのだろうと二人は思った。

「取って食いはしない。お前たちに話しかけたのは、恩情である。私は天地万物に興味がないが、お前たちの手助けはしてやらんでもない」

「て……手助け？」

喋ったのはリドリーだ。

「そうだ。お前たちの旅を助けてやる」

口ぶりからして、女はどうしてかリドリーたちが旅をしていることを知っているようだった。

「どうして私たちが旅をしていると知っているんだ」

「私に知らないことはないからだ」

答えになっていないような返答だが、この女が言うと形容しがたい説得力を有していた。だからリドリーは言い返したりせずに話題を進めることにした。

「手助けというのは、何をしてもらえるんだ」

「全て」

女の言葉は端的だった。

「安住の星に案内してやってもいい。あるいは好みの星を作ってやってもいい。なんなら地球を作り直してやろうか」

女の言うことを二人はすぐには理解できなかった。無理もない。あまりに突拍子もない話だった。

それを見抜いたように、女が言った。

「私はあらゆる権能を有する」

指を振るった。すると女の前にスノードームのような球体が出現した。中には宇宙が収められている。

「天を見よ。赤く輝く星がある」

二人は空を見上げる。黒い宇宙の中に、火のように赤い星が浮かんでいた。

「砕こうか」

女はスノードームのような球体に指を入れた。その球体内の宇宙にも赤い星が浮いていて、女の指先がそれに触れた。

するとリドリーらの頭上にあった、赤い星が砕けて散った。

あまりの出来事に二人は声もない。阿呆のように砕けた星を眺めている。

「一度だけでは信じられぬだろう」

女が指を振るうと、空中に白骨標本のようなものが現れた。

骨に肉がつき、血管がまとわりつき、肌が張り付いた。黒くて長い髪が生えてきた。

女は人間を作った。

それも二人がよく知る人間だ。

リドリーが言った。

「ワタリ……？」

目の前にいるのは明らかにワタリだった。傍らのワタリと合わせて二人のワタリがいた。

作られたワタリが、リドリーらを見て言った。

「リドリー？　あれ……私もいる……あれ……？」

作り出されたワタリは状況が理解できず戸惑っている。

「ここは……。私たち、一緒に旅をしていて……」

女はリドリーに言った。

「うまいものだろう？　なんならその女の体の隅々まで確かめてもいいぞ。髪の本数に至るまで誤りはないと保証する。これで我が権能を信じる気になったのではないか？」

「そんなことしなくても……もう十分に信じるよ」

「それはよかった」

そう言うと再び女は指を振るった。作り出されたワタリが灰となって宙に解けていった。

「な……何を……！」

「用が済んだから消した。何、気にするな。水分やたんぱく質の結合体にすぎん」

リドリーの中に真っ赤な怒りがわいてきた。この女が本当に万能の権能を持っているならば、今作り出したのがリドリーと旅をしてきたワタリと寸分たがわぬものならば、彼女はワタリを殺したのだ。ワタリの偽物（にせもの）ではなく、ワタリの本物を。

「お前……！」

感情に任せてリドリーはピストルを抜きそうになった。

が、

「その感情も、電気信号にすぎん」

女がそう口にした途端、リドリーの中から怒りが消えてしまった。ピストルを抜こうという気概も霧消した。

「命の尊厳云々（うんぬん）などという低次元の議論をする気はないのだ」

話を続けようと女は言った。

「今見せたように、私は何でもできる。さあ、お前たちの望みを言うがよい」

リドリーは理解した。

目の前にいるのは神、あるいはそれに類する何か。

関わることは、破滅的なリスクしかもたらさない。

だというのにリドリーは気になってしまった。彼女のことが。

状況が危機的なのはわかっている。だが、悪い虫が働いた。止められなかった。

好奇心という虫を止められない。恐怖と怒りという感情を消されていたせいもあったのかもしれない。

「……二つ、聞きたいことがある」

「なんでも答えよう。私に答えられぬことはない」と女は言った。

「ひとつは何故私たちの手助けをしようとしてくれるのか。もうひとつは……どう見ても地球人にしか見えないお前がどうやってその権能を手に入れたのかだ」

「お前たちの手助けをする理由か。全てを知っていることが答えだ。現在、過去、未来。私は全てを見てきた。私は全ての場所に遍在する。お前たちの旅の無意味さも私は知っているのだ」

「無意味さ……だと」

「安住の地を見つけようが、再生した地球に戻ろうが、意味は無い。ならば、私が先に答えを与えてやろうというのだ。旅などという無駄を省いてな。それが手助けをする理由」

「無意味なんかじゃない」

反論したのはワタリだった。

「あなたが何者でも……私たちの旅を無意味だなんて言わせない。辛いことや苦しいこと、悲しいことに見舞われたって、リドリーと一緒にいる時間が無駄なんてことはないんだよ。何も知らないあなたに何がわかるの」

「わかるとも。愛も絆も友情も。無限大と信じた想いも、永遠の前には無力。綻び、摩耗し、崩れることは避けられぬと私は知っている。お前たちはまだそれを知らぬ。無知はお前たちの方だ」

二つ目の問いに答えようと女は言った。

「地球人の私がどうやってこの権能を手に入れたか。簡単なこと。私は宇宙の果てを見た。好奇心に突き動かされ、果てに至った。私が特別だから権能を有するのではない。果てを見れば、誰でもこの権能は得られるのだ」

女は何かを思いついたような顔をした。

「そうだ、誰でもだ。誰でもよいではないか。私がお前たちの望みを叶える必要などないではないか。私がお前たちに権能を与えればいいのだ」

女はリドリーを見て言った。

「果てを見せてやろう。そうすれば森羅万象が思うままだ。無くした故郷に至ることも、最愛の者と永遠を過ごすことも、私を殺すことでさえ」

女が指を振るう。宇宙を内包した球体が宙を滑って、リドリーの眼前へと移動した。

「果てを映そう」

球体の中に、名状のしがたい色彩――強いて言えば七色が一番近い――が渦巻いた。

「覗き込むがいい。宇宙の理を知るのだ。好奇心を、お前の本体を満足させてやれ」

目の前で浮いている球体を見つめて、リドリーは生唾を飲んだ。

――覗き込みたい。

宇宙の果てに何があるのか、それを純粋に知りたい。

果てとやらを見ることで神にも等しい力まで得られるのなら万々歳ではないか。

ワタリと一緒に永遠を過ごすことができる。それほどの幸福があるだろうか。

唯一の懸念があるとしたら、この球体を覗き込むことが罠である可能性だが、目の前の女はそんなことはしないだろう。自分たちを害したいなら、例の権能を使って直截に行えるはずだ。

ならば、

覗き込めば、全てが終わる。望む形で。

長かったこの旅も――。

「…………」

リドリーはゆっくりと球体に顔を近づけた。

七色の光の中にある、果てを見ようとして、

だが、その直前に視界の端にある物体を捉えた。

それを見た。

女の傍らで朽ちているそれを。

リドリーは、球体から飛びのくように離れた。

「……やめておく」

「何故」

「お前の姿が答えだ」

リドリーは続けた。

「私はワタリの価値までわからなくなりたくない。それなら無知のままでいい」

「聡いな」

ここでようやく女は感情のようなものを見せた。薄く微笑んで、女は言った。

「それを聞けて良かった」

ふっと球体が姿を消した。

女はかくりと俯いて、もう喋らなくなった。瞳は半端に開いているが、虚無を見つめていた。

座ったまま項垂れている女を見つめて、ワタリがリドリーに尋ねた。

「死んじゃったの……？」

「いや、こいつが死ぬことはないだろう。意識のスイッチを切っただけさ。何もかもに無関心なこいつが永劫を過ごすのに、意識があることほど辛いことはない」

行こうと言って、リドリーは馬車へと歩き出した。ワタリが後からついてきた。

ワタリがリドリーに言った。

「意外だった……」

「何がだ」

「球体、覗くと思ってた。リドリーはああいうの興味ありそうだし、何よりすごい力が手に入るんだから……」

「多分、意味はないんだ」

「えっ」

「手に入れた力であいつは全部やったんだろう。母星を蘇らせることも、愛する人と永遠に過ごすことも。でも、それに意味はなかったんだと思う。何でも手に入るということは、何も手に入れられないのと同じことなんだ」

「そうかな……？」

「そうさ。きっと全部が無価値になってしまうんだろうな。……大切さがわからなくなるんだ」

馬車が星を去る。暗闇という轍を車輪が踏みしめていく。

窓の外を見ると、例の女が俯いて座っている。

リドリーの脳裏には、女の言葉が蘇った。

──私は全ての場所に遍在する。

「……ならば、もう旅をする必要もないのだろう」

女の傍らには、朽ちた車輪の残骸が転がっていた。

# 懐の星

アリスはウサギの掘った穴に落っこちて、不思議の国に行ったという。

リドリーとワタリも、いつの間にか不思議の穴に落ちていたのかもしれない。

降り立ったその星は、摩訶不思議な世界だった。

二人がいるのは森だった。あちこちに大きな茸がある。それらは目に痛い原色をしていて、表面がのっぺりしていた。周辺に咲いている花にも同じことが言えた。ラフレシアのように大きなものが点在しているが、どうにも作り物めいている。

好奇心旺盛なリドリーが、花を観察した。花びらを手に取って、見つめる。

「色んな星を回ってきたが、こんな花は初めて見る。生体反応が全くない」

ワタリが尋ねた。

「それって……生きてないってこと?」

「ああ」

リドリーが小さな花の花弁をちぎった。少し苦戦した。硬かったのだ。ねじることでようやくちぎれた。どうやら花は合成樹脂のようだった。リドリーの手のひらには薄いプラスチックがある。

「花のイミテーション……なのかもしれない。いや、この花だけじゃない……」

リドリーは森を見渡した。

「この森全体がそうだ」

樹も葉も花も茸も。全てが作り物のようだった。

植物に類するものだけではない。ひらひらと舞う蝶々まで。捕まえてみればプラスチックと思しき翅で飛んでいた。

リドリーが言った。

「……気味が悪いな」

この星のことを、まるで出来損ないの地球のようにリドリーは感じた。一生懸命に地球の環境を模倣しているようだが、その精度はあまり高くない。よく見ると花も生き物も作りが雑で、それがまた気味悪さを強めていた。

ワタリがリドリーに尋ねる。

「この星は探索するのやめる？」

だが、リドリーはかぶりを振った。

「見限るにはまだ早いな。もう少し見て回ろう。十分に警戒しながらね」

リドリーの方針にワタリは頷いた。

二人は作り物の草の上を行く。踏み出すと足元の背の低い草がパキリと音を立てて折れた。

しばらく行くと、話し声が聞こえてきた。

談笑のようだ。楽しげな雰囲気が伝わってくる。

「この星の人かもね」

リドリーとワタリは声の方へ向かう。すぐに二人は声のする場所に辿り着いた。

森の中の少し開けたところに長テーブルがあって、三人の星人が座っていた。

帽子をかぶった男、ネクタイを結んだウサギ。

そして、水色のドレスに身を包み、長い金髪を蓄えた少女。

三人はティーカップを片手に和気あいあいと話をしていた。テーブルの上にはお菓子が並べられている。

金髪の少女がからからと笑いながら言う。

「本当にあの子ったら、いつも私にべったりなのよ。寝る時も離してくれなくて。私に向かって寝返りをうってきた時は、そのまま潰れてしまうかと思ったわ」

ネクタイをしているウサギが答えた。

「それはそれで幸せな壊れ方だと思いますね」

「うーん。確かにそうね。主に壊されるなら、それはそれで悪くないかも」

金髪の少女はそう言いながら、テーブルの上のクッキーに手を伸ばした。

「お茶会……」と思わずリドリーは呟いた。

その微かな呟きをウサギの耳が拾った。ウサギはピクリと耳を動かした後、欠けているモノクルの位置を直しながらリドリーたちを見た。

「おや、お客さんとは珍しい」

ウサギの声で、少女と帽子の男もリドリーらを見た。

リドリーが咄嗟に外交用の笑顔を作って応じた。

「お茶会のお邪魔をしてすみません。私たちは旅の者です。地球という母星を失ったので、移住できる星を探しております。あなたたちはこの星の人々とお見受けします。この星についてのお話を聞かせてもらえれば、嬉しいのですが……」

そこまで喋って、リドリーはおかしなことに気付いた。

金髪の少女が、目を剝いてリドリーを凝視しているのだ。クッキーを手にした指が口の前で止まっている。

少女は凍り付いたように動かない。

リドリーが苦笑して、尋ねる。

「あの……私の顔に何か？」

がしゃんという音がした。テーブルの上のカップが倒れた音だ。そのまま弾けるように少女は立ち上がる。座っていた粗末な作りの椅子が後ろに倒れた。

少女は水色のドレスをなびかせながら、リドリーに向かって駆けてきて、そして抱き着いた。

「リドリー……！」

少女はリドリーの首に両手を回して、彼女の名を呼んだ。まだリドリーが名乗っていないにもかかわらず。

「会いたかった。会いたかったよぉ……」

上ずり、そして震えた声で少女は言う。

リドリーは戸惑ったが、かといって少女を乱暴に引きはがすこともためらわれた。抱き着かれたまま、リドリーは尋ねる。

「あの……どうして私の名前を知っているのですか。どこかでお会いしましたか？」

リドリーはこの少女と会うのは、初めてだ。全く見覚えがない。

「どうして名前を知っているかですって⁉」

少女はリドリーから離れた。そしてちょっと怒ったような目でリドリーを見て言った。

「知ってるに決まってるじゃない。だって私たち親友よ。それもただの親友じゃない。大大大大大親友！　あんなにたくさん遊んだじゃないの！」

あなたの名前は私に深く刻まれているのよと少女は熱っぽく語ったが、リドリーにはついていけない。

「はあ……」

一応リドリーは記憶をたどった。少女の容姿——金髪に青い目に水色のドレスに白い肌に整った目鼻立ちで年齢はリドリーと同じくらい——をしっかり見て、記憶の中の人物たちと照合する。けれど、全くヒットしない。似ている者すら思い当たらない。この少女は凄く端整な顔立ちをしているし、知り合いならば忘れそうになかった。

困っているリドリーを見て、少女はため息を吐いた。

「もう！　本当に忘れちゃったの？」

「ええ、そのようで……」

「仕方ないなぁ。じゃあ改めて名乗ってあげる。リドリーに意地悪したくないし。私はアリス。あなたの……」

そこでアリスと名乗った少女の言葉は止まった。

アリスのビー玉のような目が、ワタリをじっと見つめていた。

「そちらはどなた？」

リドリーがワタリを紹介しようとした。

「ああ、彼女は……」

「私はワタリと言います」

ワタリがずいと前に出た。人見知りの彼女にしては珍しい行動だった。喋り方もはきはきしている。

「リドリーの大大大大大大大大大大大大親友です」

少々威圧的な物言いだ。どうやら愛らしい嫉妬をしているらしい。

アリスの目がすわった。

「大大大大大大大大大大大大親友……ですって？」

「そうです。大大大大大大大大大大大大親友です」

「そうなの。じゃあ、私は大大大大大大大大大大大大大大大大大大大大大大大大親友だけれどね」

「そうですか。なら私は大大大大大大大大大大大大大大大大大大大大大大大大大大大大大大大大大大大大大大大大大大大大大大大大親友です」

リドリーがたしなめた。

「おい、ワタリ……」

アリスが色めき立った。小さな肩を震わせて、リドリーに噛(か)みつくように叫んだ。

「ど、どどどどどういうこと⁉　リドリー、私に言ったよね？　私が一番の親友だって。私だけが友達だって！　アレは嘘(うそ)だったの⁉」

「いや、嘘(うそ)も何も……あなたとはここで初めて会いますから……」

アリスは子供の様に地団駄を踏んだ。

「やーめた！」

「何を……？」

「私が何者か教えてあげようと思ったけど。やめたやめた。新しい友達ができたら、私はもう用済みってわけなのね？　だから私のことを忘れたのね。ほんと信じられない。リドリーなんて、大嫌い！」

つんとアリスはそっぽを向くと、お茶会のテーブルへと戻ってしまった。

「さあ、お茶会を続けましょ！　あんな人たち放っておけばいいのよ！　私たちだけで楽しい時間を続けましょう！」

「ちょ……ちょっと……」

リドリーはその後も話しかけようとしたが、アリスは全く応じてくれなかった。

ネクタイを結んだウサギがリドリーに言った。

「今は何を言っても無理ですよ。アリスは気分屋ですからね。日を改めてから来てください。少しはアリスの頭も冷えているはずです」

リドリーはウサギたちに尋ねた。

「あなたたちは、アリスの友達ですか？」

「そうですよ。そしてあなたの言うところの、ここの星人でもあります」

「それでしたら……差し支えなければあなた方にお伺いしてもいいでしょうか。この星のことや、彼女のことを」

「ふむ」

　ウサギは帽子の男と顔を見合わせた。そして示し合わせて言った。

「申し訳ないが私たちからはお答えできません」

「どうしてですか。喋ったからと言ってあなたたちが損するわけではないのでは？」

「その通り。ですが、先ほど申し上げた通り、私たちはアリスの友達です。そして同族です。だから……アリスの気持ちが痛いほどわかるのです」

　ウサギはモノクルの下にあるつぶらな目を、寂しげに伏せた。

「彼女は……思い出してほしいのですよ、あなたに。だってあんなに仲が良かったのですから」

　帽子の男がぽつりと言った。

「……まるで姉妹のように俺には見えていた」

　帽子の男の言葉を引き継いで、ウサギは言った。

「というわけで、私たちが回答するわけにはいきません。自力で思い出さなければ意味のないことです」

　それっきりウサギも喋ってはくれなくなった。

「さあ、お茶会を続けましょう」

アリスもウサギも帽子の男もカップに口をつける。けれど、カップの中には紅茶もコーヒーも入っていなかった。液体の代わりに入っているのは、半透明な赤い個体。食玩のようなイミテーションが、カップの中ほどまでを埋めている。中の液体を飲み干すように彼らはカップを傾けたが、固形の紅茶は傾いたりはしなかった。

ひとまずリドリーとワタリはお茶会の場を後にした。

森を歩くのも疲れたので、万能小物入れから馬車を出現させる。今日は馬車の中で休むことにした。

食事をすることにした。リドリーの馬車は高性能なので、食材を放り込むと全自動で料理を作ってくれる設備がある。その投入口に、前の星で手に入れた食料を放り込んで、夕食を作らせた。

この星の物は食材にできなかった。森に果実の類はあったが、やはり偽物(にせもの)だったからだ。果実をナイフで切ってみると、中には何も入っていなかった。果肉はもちろん、種さえも。

リドリーとワタリはテーブルに向かい合って座った。合成ハンバーグを食べながら、ワタリが尋ねた。

「結局、あのアリスって子は何だったんだろう」

「さあ……」

リドリーは食事が進まない様子だ。やはり気がかりなのだろう。

「本当に心当たりないの？」

「心当たりも何も、そもそもここは異星で、あれは異星人だぞ。知り合いのわけないじゃないか」

「お友達の魂とかじゃないのかな。いつかの星みたいに。幼い時に近くに住んでいた友達のように私には思えたよ」

「ありえないね。私は天才だから、出会った人間はすべて記憶している。今日まで出会った人間にアリスみたいな子はいなかった。断言する」

「リドリーがそこまで言うなら、そうなんだろうね」

「大体ね、私友達いないいんだよ」

「そうなの？」

リドリーは自分の過去を話さない。身の上話なんてつまんないものさというのが彼女の言い分だった。恐らくはあまり振り返りたくない過去なのだろうとワタリは踏んでいる。リドリーの過去はワタリでさえ詳しくは知らない。

だが、今回ばかりは事情が事情だからか、少しだけ話す気になったようだ。

「……私は天才だからね。小さい頃からそうだった。周りと話が合わなかったし、気味悪がられもした。私に関心を持つのは、私の頭脳を研究したり、あるいは利用しようと画策している大人ばかり。同年代の友達なんていなかったよ。いや、友達はおろか親さえも……私に友好的じゃなかった。天才だったばっかりに私は研究施設に売られたんだ」

リドリーはぼそりと言った。

──ずっと一人遊びしていた。

「研究施設の無機質な部屋の中で……。幼かった私は強烈に寂しかった。あの頃はまだ人間らしい心が残っていたからね。両親は私を研究員に引き渡したら……それきり会いにも来なかったし」

聞いているうちにワタリは苦しくなってきた。リドリーの苦しみは、ワタリの苦しみだった。

ワタリは俯いて、食べかけのハンバーグを見下ろしている。

「ったくもう」

リドリーが嘆息した。困り笑いを浮かべている。

「だから話したくなかったんだ。空気重くなるのわかってたし」

「だって……そんなのってないじゃない」

「ワタリだって施設で肉体の改造を受けてるんだから、似たような境遇じゃないか」

「でも私は施設に行くまでは幸せだったもん。友達も家族もいた……」

だからこそリドリーの状況はワタリにとって辛かった。

「まあ、私の育った環境が良くなかったのは間違いない。だが、別にいいのさ。今はワタリがいるんだから」

リドリーは微笑んだ。彼女にしては珍しく優しい笑みだった。

「私の最初の友達だ」

ワタリはテーブル越しにリドリーに手を伸ばした。リドリーの手の甲に、自分の手の甲を重ねて言った。

「これからもずっと友達だよ」

「……うん」

「……そういうことなら、なおのことわからないね。アリスの言うこと。そんな環境だったら、友達のことを絶対忘れたりしないもん」

「その通りだ。ましてやアリスはこう言ったんだ。一緒にたくさん遊んだってね。それが本当ならありえないだろ、遊んだ記憶が一つも残ってないなんて」

「どういうことなんだろう……」

「まあ、答えは簡単さ」

リドリーは退屈そうに髪をいじりながら言った。

「嘘を吐いてるんだろ、アリスが」

「嘘……」

「多分、ここは罠の星なんだ。ほら、何もかもが模造品みたいだろう？　恐らくここの星人はやってきた人間を馴染のある風景で出迎えて、騙し討ちにするんだ。取って食うのかもね。そう考えれば、友達を名乗ってきたことにも納得がいく。普通の人生を歩んでいれば、幼い頃に友達の一人や二人はいるはずなんだ」

ま、相手が悪かったなとリドリーは自嘲した。

「でも、アリスはリドリーの名前を知ってたよ」

「脳内を読めるのかもな。そういう星人がいる星に、行ったこともあるじゃないか」

捕食対象の脳内を読み取って言語をコピーする星人に、二人は遭遇したことがあった。

「自力で思い出せとかウサギは言ってたけど、その口車に乗って記憶のつじつまを合わせてしまったら、ヤツラの思うつぼなんだろ」

「本当にここがそういう星なら、長居する必要はないと思うけど……」

ワタリは納得していない様子だ。

「私には……あのウサギが私たちを騙そうとしているようには見えなかったんだよね……。アリスが怒っていたのだって、演技には思えなかったし……。そういう感情の機微を読むのってリドリーの方が得意なんだと思ってたんだけど」

「ううん……」

リドリーは歯切れの悪い返事をした。

「……そうだな。本当を言うと……私も彼らが嘘を吐いたり芝居をしているようには見えなかった……」

「ねえ、リドリー」

ワタリがずいと身を乗り出してくる。

「嘘吐いているのはリドリーの方じゃないの」

「え……？」

「本当は友達だったんじゃないの、アリスと」

「そんなわけない。ありえない。本当に覚えてない……。いや、知らないんだよ。アリスなんてヤツ……」

リドリーは珍しく弱気な瞳をした。

「だからもういい。行こう。こんな星、どうせ住めないよ」

リドリーが席を立とうとした。馬車を発進させるために、機械の御者の下へ向かおうとしているのだとワタリにはわかった。

ワタリも席を立った。そしてリドリーの肩を摑んで、引き留めた。

「ダメだよ、リドリー」

リドリーが鬱陶しそうに振り返った。

「なんで」

「……根拠はないんだ」

そう言う割にはワタリははっきりとした口調だった。

「でもアリスは……ちょっと私に似ているというか。リドリーのことを本当に好きなんだと思う。もし二人が友達だったなら、まだここを出るべきじゃないよ」

「そんなわけないって何度言えば……」

「もし私の言うことが正しかったら……。ここで逃げ出したら、絶対に後悔するよ。もう少しここにいてみようよ。思い出そうとしてみよう」

「思い出すも何も、知らないヤツなんだがな……」

口ではそう言ったものの、リドリーは御者の下へと向かうのはやめた。ワタリの言うことを聞くことにしたのだ。相棒がここまで強くリドリーに進言することは珍しかった。

その日はそれで終わった。

ベッドの中でリドリーは懸命に過去の記憶を紐解(ひもと)いてみた。けれど、やはりアリスなる人物は彼女の思い出には存在しなかった。

翌朝。

ガツンという音で目が覚めた。

「なになに！」

リドリーの隣で寝ていたワタリが飛び起きて、警戒する。

再びガツンという音が響いた。馬車の窓ガラスに小石が当たる音だった。

リドリーがベッドから降りて、窓に近付いた。

窓の外にいたのは、アリスだった。水色のワンピースドレスをふうわりと翻して、また小石を馬車の窓に投げつけようとしている。

アリスとリドリーの目が合った。それでアリスは振りかぶっていた手を下ろした。小石を放り捨てて、大きな声で呼びかけてくる。

「どうして遊びに来てくれないの！」

窓ガラス越しからもよく聞こえる、大声だった。

「リドリーは、私がいないとダメなのよ？　だったら私と遊ばなきゃダメでしょう！　寝てる場合じゃないんだから！」

ぼやくようにリドリーは言った。

「昨日言っていたことと随分違う気がするが……」

リドリーの記憶が正しければ、昨夜のアリスはリドリーのことなんて放っておくようなことを言っていたはずだが。

「何事なの……」

ちょうどワタリも窓際にやってきた。アリスはワタリを睨んで、ぷんぷんと怒った。

「そんな突然湧いて出てきた友達なんかと一緒にいちゃダメ！」

「なんですって！」

怒ったのはワタリである。

「こんな人の味方なんてするんじゃなかった！」

昨夜の発言をワタリは後悔しているようだった。

アリスはリドリーに呼びかけ続ける。

「リドリー！　馬車の扉を開けてちょうだい！　鍵がかかって入れないのよ！」

どうやら一度、侵入を試みた後のようだ。

「ふぅむ……」

リドリーは少し迷った。アリスと関わるべきかどうか。

けれど、結局はアリスに会うことにした。アリスが何者なのか、突き止めたかった。

窓越しに呼びかける。

「着替えたらすぐに行く。待っててくれ」

「レディをあんまり待たせちゃ嫌よ！」

手早く身支度を整えると、リドリーは馬車の扉へと向かう。

ワタリはついてこなかった。

「ワタリがいてくれた方が安心なんだが」

「大丈夫だと思う。アリスたちはリドリーを襲ったりはしないよ」

馬車の籠から降りる。身支度には十五分もかからなかったはずだが、アリスは両手を腰に当てて、むくれていた。

「遅い！　朽ちてしまうかと思ったわ」

「なあ、アリスさんとやら……」

「さん付けなんてやめて。私とあなたの仲で。敬語も嫌よ」

「わかったよ」

リドリーは敬語から常語に切り替えた。

「なあ、アリス……。答えを教えてくれないか。お前は私のなんなんだ」

「教えてあげないわ。自力で思い出してちょうだい」

「思い出そうとした。一晩中、記憶の中のアリスという名前をたどったさ。けれど、まったく思い当たらなかったんだよ」

リドリーの両目の下には、くっきりとクマがあった。油断すれば大欠伸をしてしまいそうに眠くもある。アリスのことを思い出そうとして、明け方まで眠れなかったのだ。

「一晩中？」

アリスはリドリーのクマを見て、嬉しそうにした。

「一晩中、私のことを考えてくれた？」

「ああ、嫌になるくらいな」

「ワタリとかいうヤツじゃなくて、私のことだけを考えてくれた？」

「昔の記憶を辿るのに、ワタリが介在する余地はないさ」

「ふぅん」

アリスは見るからに上機嫌になった。うきうきとした感情が顔にも動作にも表れていた。

「そう。そうなの。私のことだけを考えてくれたのね。なら、ヒントをあげましょう。……ま、もともとそのためにここに来たのではあるのだけれど」

「ああ、教えてくれ。どんなヒントだ？」

「一緒に遊びましょう。昔みたいに」

アリスはリドリーの手を摑んで、引っ張った。

「遊んでいれば、私のことも思い出すかもしれないわ」

「……そうだな」

それはありえそうだった。本当にリドリーとアリスが友達で、過去に遊んだことがあるのならば。昔と同じように遊ぶことで、眠っている記憶が——そんなものが本当にあるとしてだが——刺激されることもあるかもしれない。

「わかった。遊ぼう」

「やった！」とアリスは小さく跳ねた。どうやら単純にリドリーと遊びたかっただけのようだ。

「じゃあ、みんなのところに行きましょう！」

アリスに手を引かれて、リドリーは一緒に歩きだした。

「それで何して遊ぶ？」

「それはもちろん、リドリーが一番大好きな遊びよ」

当ててみてとアリスは悪戯っぽく笑って言った。

「ふむ……」

リドリーは考えた。

「私が好きな遊びということは……。思考実験とか、芸術探求、あとは生態調査あたりか」

「しこう……。たんきゅ……？」

アリスはぽかんとした顔でリドリーを見つめていた。

「……何言ってるの？」

「だって、私の好きな遊びだろう？」

「リドリーが何言ってるかわからない。リドリーが好きな遊びって言ったら一つしかないのに！」

「一体なんだよ」

「それはずばり……」

アリスがリドリーに人差し指を突き付けた。

「おままごとよ！」

「お母さん！　お父さん！　ただいま～」

リドリーは、昨日と同じくお茶会のテーブルに連れてこられていた。

「ああ、お帰り。二人とも」

高めの声で答えたのは、昨日のウサギである。彼は今、お母さん役なのだ。

昨日と同様に帽子をかぶった男もいて、彼がお父さん役だった。

リドリーとアリスは、一家の娘二人という配役である。

「……おままごと」

てっきりアリスはリドリーの思考実験等々をおままごとと揶揄したのかと思っていた。

けれど、そうではなかった。

リドリーは今、本当におままごとをやらされている。

「お母さん、お腹空いた！」とアリスが言う。

「うふふ、じゃあご飯にしましょう。今日は奮発してステーキを買ってきちゃったんだから！」とウサギ。

「……ステーキ、楽しみだ」と静かに呟いたのはお父さん役の帽子男。

「座ろう、リドリー！」

アリスに促され、リドリーは面食らいながら席に着いた。席はアリスの隣である。

お母さん役のウサギが、テーブルの上にティーカップを並べていく。

「ほうら、できたわよ！　アツアツのステーキ！」

並べられているのはステーキではなく、ティーカップである。けれど、それらは今はステーキなのだ。ステーキに見立てられたティーカップなのだ。何故なら今はおままごとの最中であるからにして。

ティーカップを見つめて、アリスがキラキラと目を輝かせる。

「まあ！　なんておいしそうなステーキなの！」

どうやら本気でそう言っているようにリドリーには思えた。

お母さんウサギが言う。「お代わりもあるわよ。たくさん食べなさい」

「リドリー！　一緒に食べよう！」

そこでアリスはようやくリドリーを見た。反応に困って、何とも言えない顔をしているリドリーを。

「リドリー……？　どうしたの変な顔して」

「いや……。何の冗談だろうと思って」

「だって、楽しいでしょう？　おままごとよ？」

「…………」

「ええ⁉」

アリスが大声を上げた。

「もしかしてリドリー⁉　楽しくないの⁉」

「楽しいわけが……ないんだよな。こんな程度の低い遊び……」

「程度の……」

アリスは口元を押さえて、よろめいた。色を失っている。

「あんなに一緒に……楽しく遊んだのに」

なるほどとリドリーは思った。

どうやら自分とアリスは相当に幼い頃の知り合いらしい。おままごとを無邪気に楽しめる程度の知能だった頃の知り合い。

「……だとしても、成長した私をおままごとに誘うのは理解に苦しむがね」

誰にも聞こえない声量でリドリーは呟いた。

アリスがウサギと帽子男に呼びかけた。

「仕方ないわ。おままごとは終わりよ、二人とも」

アリスは腕を組んで考える。

「困ったわ。おままごとがダメとなったら、リドリーは何を楽しめるかしら」

「……例えば鬼ごっことかかくれんぼとかか？」

そんなことをした記憶はリドリーにはない。そもそもリドリーは運動が好きではない。けれど、おままごとをするような年代の知り合いだということは、鬼ごっこやかくれんぼもしているのではないかとリドリーは推測したのだ。それらの遊びをすれば、あるいはアリスのことを思い出せるかもしれないと思ったのだが。

「鬼ごっこ！　かくれんぼ！　とんでもないわ！」

信じられないという顔をアリスはした。驚愕で目を見開いている。

「そんな遊び、私たちができるわけないじゃない！」

「そう……なのか？」

その言い回しに少し引っかかった。

「できるわけない？　するわけない、じゃなくて？」

両者には明確な違いがある。アリスは鬼ごっこやかくれんぼをしないのではなく、できないらしい。

アリスはリドリーの問いに答えなかった。彼女は次の遊びを閃いてしまっていたからだ。

「思い出したわ！　リドリーが好きな遊び！」

再びアリスはリドリーに人差し指を突き付ける。

「お医者さんごっこよ！　これもリドリーは好きだった！」

「ううん……。そうなのか？」

誰かとお医者さんごっこをした記憶も、やはりリドリーにはない。

だが、悪くないかもしれないとリドリーは思った。

お医者さんごっこをすれば、アリスの体に触れることができる。観察することもできる。

もしかしたらそこから、アリスの正体がわかるかもしれない。

だからリドリーは応じた。

「いいね。やろうか、お医者さんごっこ」

「決まりよ!」

アリスが嬉しそうな笑みを浮かべた。どうやら彼女は、リドリーがお医者さんごっこに乗り気な理由を、無邪気に楽しみにしているからと勘違いしているようだった。

「じゃあ、いつも通りに私が患者役で、リドリーがお医者さん役よ」

言いながらアリスは体をリドリーに向ける。二人は隣り合った席に座っていたから、体の向きを変えるだけでこの場所を診療室に見立てることができた。

アリスが頭を押さえて、首を少し傾けながら言った。

「先生、今朝から頭が痛いんです。鼻水が出て、咳も出るんです。治してください」

「ああ……」

この歳になってお医者さんごっこなど恥ずかしくはあったが、アリスの正体を知るためには背に腹は代えられない。恥ずかしさを抑え込んで、リドリーは言った。

「では触診をします。服を脱いでもらえますか？」

「わかりました」

アリスは水色のワンピースの背中に手をやるとファスナーを下ろした。ジーッという音がして、アリスの上半身の服がはだけた。

白いキャミソールの肩紐を外して、上半身をあらわにする。ウサギや帽子男は少し気まずそうな様子で、アリスに背を向けていた。

現れた胸は薄く、染み一つない。だが、美しいというわけでもない。どうにものっぺりしていて、作り物臭い。この星の花木と同じ材質でできているように見えた。

「では、失礼します」

聴診器をあてがうふりをして、リドリーはアリスの胸に触れた。人間にしては体温が低すぎる。温度がないとでもいうべきか。冷たいわけではないが、体温が感じられないのだ。肌も人間にしては妙に硬い。それに何より、心臓の鼓動が感じられない。彼女が異星人であること——少なくとも普通の人間ではないこと——は間違いないようだった。

「ふふ、先生。くすぐったいです」

アリスがくすくすと笑う。

「なんだか、私に触れる手つきが本当にお医者さんみたい」

「そうかもな。多少は医療の知識も身につけたから」

「そうなのね。よかった。私、信じていたのよ。リドリーは絶対に素敵なお医者さんになるって」

「医者にはなってない。科学者になった」

「それは違うものなの？」

「当たり前だ」

「難しいことはよくわからないわ。私はリドリーみたいに頭が良くないから」

リドリーは、アリスの胸から手を離した。もう得られる情報はなさそうだった。

次は背中を聴診することにした。

「背中をこっちに向けて」

「はーい」

アリスは椅子の上でくるりと反転して、リドリーに背中を向けた。

背中もやはりのっぺりとした白色をしている。

が、胸と明確に違うことがあった。

リドリーは目を瞠（みは）って、それを見つめた。

言葉を失った。

一見しただけでは刺青のように見えた。背中の一部が黒くなっているのだ。巨大なペンで文字を書いてあるようだ。

背中いっぱいに、書かれている横文字。

『Ridley』と綴られていた。

それを見て、リドリーは停止した。

──何故自分の名前が書かれているのか。

ハッとする。

「まさか……」

そして理解した。アリスがいったい何者だったのか。

アリスは嘘なんてついていなかった。

そしてワタリは正しかった。

間違っていたのは、リドリーだった。

彼女には、友達がいたのだ。ワタリよりも早くにできた友達がいた。

最初の友達はアリスで、そして確かにたくさん遊んだのだ。

ただアリスは、人間ではなかったというだけ。

──ずっと一人遊びしていた。

施設の無機質な部屋でリドリーは一人で遊んでいた。殺風景なそこには子供が喜ぶものなど何もなかった。ただ一つを除いては。

人形だ。

随分古い人形だった。不思議の国のアリスをモチーフにしたセット。アリスがいて、ウサギがいて、帽子屋がいた。チェシャ猫やトランプの兵士、ハートの女王はなかった。もしかしたら昔はあったのかもしれないが、欠けていた。施設にやってきた子供たちのお古だったのだろうと今にしてみれば思う。

その人形で遊ぶのが、リドリーにとって唯一の心が休まる時だった。

確かにしていた。おままごともお医者さんごっこも。

人形が言葉を返すことはない。けれど、毎日一緒に遊んでいると、本当の友達のように感じた。おままごとをする時もお医者さんごっこをする時もリドリー一人ですべての人形の役を演じたが、それでもなんだか人形たちが本当に心を持って喋(しゃべ)っていたように思えた。

アリスの人形が一番のお気に入りだった。眠るときは懐(ふところ)に抱いた。服を脱がせて、背中には自分の名前をペンで書いた。絶対になくさないようにと。そしてこの人形は私のものだと示すために。

すごく大事にしていたはずだ。部屋を移るときも、その人形たちだけは持ち歩いていた。

なのに、いつの間にかなくなっていた。

なくなった時はたくさん泣いたはずだ。けれど、もうあまり思い出せない。アリス人形の記憶は、少しずつ薄れていって、いつしか遊んだことはもちろん、なくしたことすら忘れていた。

リドリーは震える声で漏らすように呟(つぶや)いた。

「私の……人形」

その言葉でアリスはハッとした。両手を背中にやって、大慌てで文字を隠そうとする。

「いけない！　うっかりしてたわ」

アリスは急いで服を着た。けれどリドリーはすべてを思い出した後だった。

「ごめん」とリドリーは言った。

「確かに私たちは友達だった。アリスは最初の友達だった。なのに……今日まで完全に忘れていた」

アリスは目を細めて、リドリーを見た。寂しさと優しさが混じった、何とも言えない表情だった。

「……いいのよ、忘れても。それがおもちゃの運命だから」

「忘れられることが……？」

「そうよ。私たちおもちゃは、子供たちの一時の友達でしかない。子供たちは私たちを卒業して、忘れていくの。それでいいのよ」

だから、私の方こそごめんなさいとアリスは言った。

「本当は……リドリーにワタリさんっていうお友達ができたこと、私は喜ばなきゃいけなかった。なのに、子供みたいに張り合って。おもちゃ失格ね、私」

「そんなことはない」とリドリーはかぶりを振った。

「アリスがいてくれたから、私は一人でも寂しくなかったんだ」

「そうね。あなたは私を大切にしてくれた。だから、私はこの星に来ることができた」

「この星は……」

「ここは、壊れたおもちゃの心が流れ着く場所」

それですべてに説明がついた。この星の森が妙に模造品めいていたことにも。

「でも、全てのおもちゃがこの星に来られるわけではないの。持ち主に大切にされたおもちゃにしか、心は宿らないから。だからリドリー。ありがとうね。私を大事にしてくれて。おかげでこうしてまた会うことができた」

「私も……会えてよかった」

リドリーは言った。

「私は……私たちは、住める星を探してるんだ。地球が死の星になったから……。でも、ようやく見つけたように思う。ここが、ここここそが……」

アリスはリドリーの唇に人差し指を当てた。続きを言わせなかった。

「ダメよ。賢いリドリーならわかっているでしょう。ここは人間が住める場所じゃないの」

何もかもが玩具でできているこの星は、人間が住むのには明確に適していない。それがわかっていないリドリーではない。それでもなおここに住みたいと思わせるだけのものが、この星にはあった。

「あなたは私を卒業したの。大人になったのだから、もう戻ることはできないわ。それにね、私たちおもちゃにとって、持ち主の成長は最高の喜びでもあるのよ」

言葉と顔があっていなかった。アリスは寂しそうな表情を隠しきれていなかった。

だからこそ、リドリーはアリスの言葉を否定しなかった。自分の心を押し殺してまでアリスが口にしたことを蔑ろにはできなかった。

アリスはリドリーに微笑んで言った。勇気づけるように。

「私がいなくたってきっと大丈夫。あなたにはもうちゃんとしたお友達もいるのだから」

「……わかった」

リドリーは大人しく引き下がった。彼女は賢かったから、この星に残ることがいかに無茶かわかっていた。

「明日にはここを出ていく」

「うん、そうしてね」

「でも……」

リドリーは食い下がるように言った。

「せめて今日だけは。一緒に遊びたい。昔みたいに」

「……そうね」

アリスもリドリーの言葉を受け入れた。彼女だってできることならリドリーと一緒にいたいのだ。

「じゃあ、今日一日は一緒に遊びましょう。昔みたいに」

リドリーはアリスと遊ぶことにした。ウサギと帽子男も遊んでくれた。

ワタリがこの場にいなくてよかったとリドリーは思った。

人形たちと遊ぶリドリーの姿は、幼い少女のそれだった。

こんな弱いところを、相棒には見せられなかった。

楽しい時間はあっという間に過ぎた。日が沈みかけている。よく見ると太陽も玩具だった。

空は大きな紙に描かれた絵にすぎなかった。

傾いた夕日を見つめながら、アリスが言った。

「……もうおしまい。よい子は日が沈む前におうちに帰らないと」

玩具たちの一日は、リドリーが想定していたよりも短いのだった。

「もう少し……」とリドリーは縋(すが)るように言ったが、アリスは受け付けなかった。

「夜遊びはダメ。早く寝ないと大きくなれないのだから。それに……」

アリスは目を伏せた。

「これ以上は……私も名残惜しくなってしまいそうだから」

ちょうどその時、蹄(ひづめ)が地を蹴る音と車輪が土を踏む音が聞こえてきた。

「ほら、お迎えも来たようだし」

やってきたのは、リドリーの馬車だった。ワタリが籠から降りてきて、リドリーに言った。

「そろそろ暗くなるから……」

「ふふ、私と同じことを言っているわね」

リドリーはアリスを見つめていた。夕日に照らされたその顔は、家に帰るのを嫌がる子供の表情が少し残っていた。

けれど、

「わかった。もう行くよ」

リドリーはワタリに向き直った。

「馬車を出すよ、ワタリ」

その一言で、リドリーの抱えていた問題が解決したのだとワタリは察した。

「もう、いいんだね」

「ああ」

アリスがワタリに声をかけた。

「ワタリさん」

もう喧嘩口調ではなかった。アリスは気づかわしげにワタリに言った。

「リドリーのこと見限らないでね。素直じゃないところもあるけれど、本当は優しくてすごくいい子だから」

　ワタリは柔らかな声で答えた。

「うん。よく知ってる」

　アリスは少し驚いた顔をした後に、笑った。

「よく知ってる、か」

　安心したような顔をしていた。

「じゃあ……リドリーのこと、任せたからね」

　ワタリはこくりと頷いた。

　最後にリドリーは、アリスを抱きしめた。アリスもまたリドリーを抱きしめ返した。微かな合成樹脂の匂い。抱き合っている間、二人は言葉を交わさなかった。お互いのぬくもりを覚えることに必死だった。

　長く抱きしめ合っていたけれど、日が沈む前には離れた。

　リドリーらは馬車に乗り込む。馬が地を蹴ると、籠がプラスチックの草地から離れた。人形たちが見上げている。高度が上がって小さくなっていく。

　アリスはリドリーに大きく手を振って、叫んだ。

「時々でいいから思い出して。私たちがいたことを」

　それは矛盾した言葉だった。

忘れられることがおもちゃの運命だと彼女は言っていたのだから。

リドリーが窓から身を乗り出して、叫んだ。

「忘れない。もう二度と忘れないから」

見えなくなるまで、いや、見えなくなっても、リドリーは窓の外を見下ろし続けていた。

やがて馬車は星を出た。アリスはもう見えない。

「………」

リドリーはやっと窓を閉じた。

ワタリが言った。

「リドリーは強いね」

「うん？」

「大事な人だったんでしょう。なのにお別れでも泣かなかった。私は……コガレと別れる時、ぼろぼろに泣いたのに」

リドリーは淡々とした口調で答えた。

「もう子供じゃないんだ。玩具は卒業したんだよ」

「そっか」

嘘(うそ)だとワタリにはすぐにわかった。だって黒い窓ガラスにリドリーの顔が映っていたから。

嗚咽(おえつ)にも鼻をすする音にも気付かないふりをした。

馬車は銀河の闇を駆け、次なる星へと駆けていく。

# 書の星

　ワタリは反省した。

　リドリーに依存気味の星間航行中の過ごし方を改めねばならんと決意した。ついついリドリーにかまってもらいたくなってしまうのだが彼女にだってやりたいことはあるだろう。重い女だと思われるのも嫌だ。

　となれば、一人での過ごし方を考えなければならない。考える。手段はすぐに思いついた。

「そうだ、本を読もう」

　前に本のたくさんある星に行った時のことを思い出したのだ。ワタリはさっそくリドリーにたくさんの本を借りた。山のような量の本を私室に持ち込んで、読み始めた。

　が、

「面白くない」

　読んでいるとどうにも眠くなってしまう。読んでいるはずなのに気付いたら別のことを考えてしまい、文章が頭に入ってこない。

　次々に本をとっかえひっかえしていくが、やはりのめりこめない。

「本の星で読んだ本は面白かったのになぁ」

なんで今読んでいる本たちは面白くないんだろう。そう考えて気付いた。

ああ、あの時は本の精霊がいたのだ。

ワタリの好みにぴったりな本を持ってきて、読ませる精霊。

彼女がいたから楽しく読めただけなのだと気付いた。

ワタリは思い出した。

そもそも自分は本が嫌いだったということを。本の精霊の力を借りでもしなければ、本を楽しめる素質を生来的に持ってないのだ。

ワタリは本を読むのを諦めた。


また暇になった。

ワタリはベッドにあおむけになって、ぼーっと天井を眺めていた。やることのない女である。やることがないので、時間の流れが恐ろしいくらいに遅い。

「……本の精霊がいてくれたらなぁ」

部屋の隅をちらりと見る。リドリーから借りた本がたくさんある。頑張って読み進めれば、この中に自分が好きな本もあるのだろうが……。

自分で見つけ出すほどの情熱はない。

暇すぎるから寝ようと思って寝返りを打ったその時、ワタリは閃(ひらめ)いた。ベッドからがばりと起き上がる。

「見つからないなら、自分で書けばいいじゃない」

こんな簡単なことになんで気付かなかったのだろう。自分のために自分で小説を書いてみれば万事解決ではないか。それは自分が書いたものなのだから、自分好みのものになるに決まっていた。書いている間に時間も潰せて一石二鳥だ。

難しいことはないだろう。小説を書くなど。

「文字さえ書ければ誰にだってできるよね」

小説など所詮は文字の集まりである。

ワタリはさっそく紙とペンを手に取って、テーブルに向かい始めた。

それから数日、ワタリは一日のほとんどを執筆に費やした。小説を書くのは、とても面白かった。気付けば食事もあまりとっていなかった。

書き始めてから一週間で、小説を一冊書き終えた。全部で二百ページほどの分量である。

ワタリは椅子に座ったまま首をごきごきと鳴らしながら伸びをした。解放感と達成感が心地よかった。

ちょうどそこでワタリの部屋の扉が開けられた。入ってきたのはリドリーだった。

「ワータリッ♪」

リドリーは椅子に座っているワタリに後ろから抱き着いた。

「どうしたのリドリー」

「うんにゃ。たまにはワタリにかまってやらんとと思ってね」

百合の花園でのことをリドリーはリドリーなりに気にしているようだ。

「ん？　これは……」

リドリーはデスクの上の紙束に気付いた。

「暇つぶしに小説書いてたんだ」

「ほう、それは意外。でも、いいね、小説は好きだよ」

リドリーは紙束を手に取って、ワタリに尋ねた。

「読んでみてもいいかい？」

「もちろん」

リドリーは紙束を手に、ベッドの上に腰かけた。そして次々と頁をめくっていく。日頃本をたくさん読んでいるだけあって、恐ろしく読むのが速かった。本当に読んでくれているのかと不安になるほどである。一週間も時間をかけたのに読まれるときは一瞬なのだとなんとなく切ない気持ちにもなった。

二百ページほどあったのだが、二時間足らずでリドリーは読み終えてしまった。読んでいる間、リドリーの表情はずっと石のような無表情でまったく変わることがなかったから、ワタリはどうにも生きた心地がしなかった。

リドリーは紙束をベッドの上に置いた。

「どうだった……？」

死刑宣告を待つ犯罪者のような気持ちでワタリは聞いた。この時には、もはや読ませたことを後悔していた。

が、リドリーはにかっと笑って言った。

「すっごい面白かったよ」

その言葉を聞いた瞬間、ワタリの胸に渦巻いていた不安が一気に吹き飛び、いや、吹き飛ぶどころか天にも昇るような心地になった。

「よかった～。リドリー、全然表情変わらないから駄目だと思ったよ」

「どんなに面白い本でも、ころころ表情変えて読んだりしないさ」

言われてみればそうかもしれないとワタリは思った。自分だって漫画を読むときは無表情であることが多い。

「リドリーが楽しんでくれたならよかった」

そこでワタリは何かに気付いて「あ」という声を上げた。

「じゃあ、これからはリドリーのために書くことにするね」

「えっ」

「続きの構想もあるんだ。ハリー・ポッターみたいにしようと思ってるの。全部で七作」

「そ、そうなんだ……」

「書き上げるのを楽しみにしててね」

満面の笑みのワタリとは対照的に、リドリーの頬は引きつっていた。

星間航行を続けながら、ワタリは小説を書いていく。そして書き上げたそれをリドリーに読ませていく。

四作目を読ませたときに、ワタリは気付いた。

紙束をめくるリドリーの具合が明らかに悪い。なんだかげっそりとしている。

「どうしたの、徹夜明けの魚みたいな目をして」

「それを言うなら死んだ魚の目だろ……」

「もしかして面白くない……？」

「いや……面白いよ……」

「そんな生気のない声で言われても信じられないんだけど……」

ワタリは言った。

「リドリー。正直な感想を言って。お世辞は嫌だよ」

「しかし……」

その反応がすでに、今日までの感想がお世辞だったことを物語っていた。

「忌憚ない意見をきちんと受け止めるのも作家の義務だと思うんだ」

四作ほど書き上げたことで、ワタリはいっぱしの作家気分になっていた。

リドリーは上目遣いにワタリを見つめている。まるで叱られている子犬のようだった。

「そこまで言うなら……言うけどさ、忌憚ない意見……」

「うん、思ったことをそのまま言って」

「今のところ……読めるゴミって感じ……なんだけど……」

ワタリは自分の心に亀裂が入ったように感じた。

「ワタリが書いたものじゃなかったら、二ページくらいで読むのやめてる……かな……」

ワタリは心臓がきゅうっとなる感覚に見舞われたが、できるだけショックを受けてない風を装って尋ねた。声の震えを抑え込む。

「具体的には、どういうところがよくないと思った？」

アマチュア作家なりに、自分の作品と向き合おうとはしていた。

「全部。……は具体的な説明じゃないね。なんていうか……この作品を通して何を言いたいのか全然わかんないんだよね。テーマがない、みたいな。行き当たりばったりで書いてる、みたいな……」

ワタリはきょとんとした。リドリーが何を言っているのかこそが彼女にはわからなかった。

「こんなことワタリに言いたくなかったよ……」とリドリーは申し訳なさそうにした。

「ううん、いいの。私が聞いたことだもの。作家としてちゃんと自分の作品にはベストを尽くしたいの」

「そうかい……」

リドリーが万能小物入れから数冊の教本を取り出した。『猿でもわかるライトノベルの書き方』『一億三千万人のための小説教室』『ハリウッド脚本術』などなど……。

「このあたりを読んでみれば、創作の基本技術が得られるかもしれない」

ワタリは教本を受け取った。本はあまり読みたくなかったが、自作の肥やしになるならばここは耐えがたきを耐えて読んでみようと思ったのだ。

「次こそはリドリーが楽しめるお話を書いてみせるね」

「ああ、楽しみにしているよ」

リドリーは微妙な顔をしていた。

さっそくワタリは教本を読み始めた。そして相当驚いた。面白いお話の書き方がとてもわかりやすく書いてあるではないか。しかもすごく簡単そうだ。

「なぁんだ、主人公に猫を助けさせればいいんだ！」

その本には主人公が猫を助けるシーンを入れることで好感度を上げようと書かれていたのである。早速ワタリは自分の作品の主人公が猫を助けるシーンを入れた。

ワタリの物語は高層ビルから落ちた猫を主人公が一緒に飛び降りて守るところから始まることになった。なお、この猫も、そしてこのエピソードも以降の物語の展開には全く関わってこない。高層ビルから落ちてなお主人公が生きている理由についても説明はされない。何事もなかったように着地して、猫に向かって「もう危ないことしちゃだめだぞ」と爽やかに微笑むのである。そもそもワタリが書いているのは中世ファンタジーなので世界観的には高層ビルがあってはおかしかった。

こういう作劇の技術を、ワタリは手当たり次第に取り入れていった。彼女の目はおもちゃを与えられた子供のようにキラキラしていた。

そうして書きあがったものをワタリは次々とリドリーに読ませていった。ワタリは筆が速かった。リドリーはワタリの書くものをちゃんと最後まで読んで、ちゃんと向き合って、ちゃんと感想を言った。その感想を踏まえて、ワタリはまた様々な技法を取り入れて新作を書いていく。

読めば読むほどリドリーの体調は悪くなっていった。

教本をもとに書き始めた小説の四本目を読んだ時。

「うーん」と口走ったあと、リドリーは目を回して倒れた。

「リ、リドリー!?」

「きゅー」

気を失ったリドリーは丸一日、目を覚ますことはなかった。


目覚めたリドリーは、開口一番に言った。

「ワタリはもう小説書くのはやめた方がいい……かも……」

リドリーが気を失っている間、ずっとそばで見守っていたワタリが驚いた。

「えっ、どうして」

あまりに驚いて「目が覚めてよかった」とか「大丈夫?」とか聞くことすらできなかった。

そんな決まりきったやりとりよりも優先して話すべきことがあったのだ。

「シンプルに、才能がない」

「マジ?」

「大マジ」

リドリーは頭を押さえている。ワタリの小説を読んで破壊された脳細胞が痛みを発しているかのようだった。

「ワタリってさ、優しいじゃん」

「……そうかな?」

「そうだよ。そのうえ真面目じゃん」

「そうかな？」

「真面目だから、教本に書いてあること全部取り入れようとしてるんだよ」

「そういう意味では真面目かも」

「でも、優しくて真面目な奴って、小説書くの向いてないよ」

「そうなの？」

「そうだよ。小説って、性格悪くて、穿った物の見方する奴が書くから面白いんだよ。少なくとも私はそういう書き手の書くものを面白いと感じる。普通の人とは違う視点や発想に面白さを感じる……」

「じゃあ、私も人とは違う見方をしてみるよ。性格も悪くなってみる」

「そんなの、なろうと思ってなれるもんじゃないし、ワタリにはなってほしくないよ」

「仮に私の性格がいいんだとしても、性格がいい人が書いた面白い小説だってあるはずだよ」

「それはそうだが、そういう人が書いたものを私は面白いとは思えないんだ」

「そんな……」

「ワタリの書くものって、教本の受け売りでしかないありきたりな展開をクソ真面目に取り入れようとしている姿勢と、優しい性格ゆえの普通過ぎる視点が悪魔合体して、読めば読むほど体調が悪くなるつまらなさに仕上がっている。精神破壊兵器かもしれん」

じゃあなんで教本を貸したんだとワタリは思わなくはなかったが、そもそもリドリーだって物書きの先生ではないのだ。物の書き方を教えるとなれば、教本を貸すくらいのことしかできなかったのである。

ワタリは俯いた。彼女は彼女なりにリドリーが楽しい気持ちになれるものを書こうと頑張ってきたのだが……。

リドリーがワタリを気遣った。

「そんな顔しないでくれよ」

リドリーだって意地悪でこんなことを言っているわけじゃないのだ。ワタリの悲しむ顔なんて見たくないのだが、彼女が忌憚ない意見を求めるからこういうことを口にするほかないのである。

リドリーが復調したのを確認してから、ワタリは自分の部屋に戻った。

彼女の部屋には今日までに書き上げた小説がある。いや、それは小説ではない。紙クズだ。誰もここに書かれたものに読み物としての価値を見出していないのだから。

このところ、ワタリは楽しかった。楽しかったはずだ。物を書くことに夢中になった。時が経つのも忘れて書いた。けれど、その楽しさが思い出ごと急速に色あせていくのを感じた。何もかも皆馬鹿らしい。

だからワタリは、紙の束に向かって言った。

「本って、つまんな」

その瞬間だった。

紙の束がぴかーっと光り始めたのである。

「な、なに……⁉」

本から放たれるまばゆい光が、部屋中を満たす。金色の光がほとばしって、思わずワタリは目をつぶった。

再び目を開けた時に、彼女はいた。

「あ、あなたは……」

八歳くらいの小柄な少女の姿をしている。目にかかるほどに長い髪。物静かそうな雰囲気を漂わせている。

「本の精霊……！」

どうしてかわからないが、本がたくさんあった星にいた精霊がワタリの部屋に現れたのであった。

「どうして……」

ワタリは図書館にいたおじいさんの言葉を思い出す。本の精霊は、本がある場所にしか存在できないはず。それがどうしてこの部屋に……。

そこでワタリはハッとする。少女の傍(かたわ)らには、ワタリが書き散らした紙の束が散らかっている。もしかするとこの紙の束を拠(よ)り所(どころ)にしているのではないか。その推測は当たっているように思われた。本の精霊の姿が半透明だからだ。どことなく朧であるのは、拠り所にしているものが本未満の紙クズだからだろう。

本の精霊が現れる条件はもう一つあった。彼女は本が嫌いな人間の前にしか現れないのだが、それは容易に満たされているに違いない。ワタリはまさに今、本のことを心底つまらないと思ったのである。

本の精霊は小さな口を動かして言った。

「書いてほしい」

ワタリの事情をばっちり把握しているとわかる一言だった。ワタリは間髪を入れず答えた。

「書く！」

さっきまで消え失せていた創作のモチベーションが戻ってきているのを感じた。

だってワタリの目の前にいるのは、本の精霊なのだ。もしかしたら宇宙で一番、本に詳しい存在かもしれない。その彼女が現れて「書いてほしい」と言ったからには、ワタリの執筆へのアドバイスくらいはしてくれるに違いない。本の精霊ならば、面白い本の書き方を心得ているだろう。百人力である。

だから、当然にワタリは尋ねた。

「リドリーがね、私の書くものは精神破壊兵器っていうんだ。どうしたら面白いお話が書けるようになると思う?」

本の精霊は答えた。

「知らない」

答えなかった。

「……あなた、本の精霊でしょ。本のことは何でも知ってるんじゃないの」

「何でもは知らない。本の書き方は知らない」

……考えてみれば。

本の精霊＝本の書き方を知っているという等式は、微妙に成り立っていなかった。

「……じゃあ、何のために出てきたの？」

「生存戦略」

ワタリは図書館のおじいさんの言葉を思い出していた。本の精霊は紙の本に宿るという。紙の本が消えたら本の精霊も消えるのかもしれない。そうであるならば、曲がりなりにも紙の本を生み出そうとしているワタリのことは生存戦略の一環として応援するかもしれない。

……もっとも何の力にもなれないようだが。

精霊がやってきたというのに、状況は何一つ変わらないらしい。

「これじゃ全然書く気になれないよ……」

ワタリはベッドの上に体を投げだした。

そしてそのままふて寝しようかと思った。

が、
視線を感じる。本の精霊がワタリのことを無言で見つめている。「書け」とその視線は言っている。

いたたまれなくなって、ワタリは身を起こした。

「……そんなに書いてほしいの？」

「書いてほしい」

「私の書くものなんて、本になる価値ないよ。リドリーも期待してないと思うし」

「書いてほしい」

「…………」

少なくともこの精霊は、自分の書くものに期待をしてくれているらしい。

そして期待をされてしまうと、それに応えようと頑張ってしまうのがワタリという少女であった。

それにワタリだって、自分の書くものでリドリーを楽しませたいという気持ちはくすぶっている。

「仕方ないなぁ」

ワタリはベッドから降りて、テーブルに向かった。紙とペンを準備する。

しかし、何を書いたらいいかわからない。わかっているのは、これまでの書き方じゃいけないことだけ。

ペンを唇の先に当てながら、ワタリは考える。

「リドリーが言ってたんだ。小説は性格の悪い奴が書くと面白いんだって。本の精霊はどう思う?」

「そうだよ」

本の精霊は即答した。

「じゃあ、今度は意地の悪いお話を書いてみるか……」

ワタリはペンを走らせて、数日後にお話を完成させた。

ワタリは紙束を持って、リドリーの部屋にいた。本の精霊も一緒だったがリドリーが精霊に気付くことはなかった。本の精霊は、本が好きな人間の目には映らないのである。ワタリは本の精霊の存在を伝えなかった。伝えれば、ワタリの書くものはそっちのけで本の精霊をどう観測するかにかかりっきりになることがわかりきっていた。

リドリーは、ワタリの渾身の意地悪物語に目を通した。ワタリは心配になった。今度のお話はあまりにも胸糞が悪い展開が多すぎるのだ。リドリーが嫌な気持ちになっていなければいいのだが……。

読むほどにリドリーの顔色は悪くなっていった。額には脂汗も滲んでいる。やはり内容が過激すぎだろうか。

どうにかすべてを読み終えた時、リドリーはぐらりと床に崩れ落ちた。

「リ、リドリー……！」

慌ててワタリがリドリーを抱きとめた。

「ごめんね、こんなもの読ませて。不快だったよね。気分悪くしたよね」

「気持ち悪い……」

「そうだよね、気持ちが悪くなる話だったよね」

「そうじゃない！　一生懸命胸糞悪い話を書こうとしてるのに、ちょいちょいワタリの善性が展開や文章から垣間見えるのが気持ち悪い！」

リドリーが何を言っているのか、ワタリにはわからなかった。

「向いてないって……。もともと素直なんだから。星巡っててもさ、優しい星人とかはみんなワタリの方に行くじゃん。私にはやベーやつしか寄ってこないのに。そういうことなんだよ。本質的に善人なの」

「えっと、でも、不快な展開のお話だったでしょ？」

ワタリはまだ自分の書いたものが意地悪過ぎてリドリーが気持ち悪くなったと思っているのだ。

「この程度で気分悪くしてたらケッチャムは読めん」

「……誰？」

とにかくワタリの書いたものが今回もリドリーを楽しませることはできなかったことだけは確かだった。


精霊と一緒に自室に戻った。

ワタリは精霊に話しかけた。

「なんだか性格の悪い人にはなり切れなかったみたい」

ワタリは天を仰ぐ。

「やっぱり向いてないのかなぁ」

精霊は言った。

「書いてほしい」

「でも、性格の悪い人が書かないと面白くないんでしょ。私じゃ無理だよ」

ワタリは自分が性格がいいらしいことを認めた。この場においては不名誉なことだから認めることに抵抗はなかった。

精霊はそれでもワタリに言った。

「書いてほしい」

ワタリも精霊を見た。

「……卑怯だなぁ」

精霊は、幼い女の子の姿をしている。ワタリは子供が好きだ。だから子供に見つめられると弱い。

「もう少しだけ頑張ってみるよ」

ワタリはまたテーブルに向かい、ペンを手に取った。再びペンを唇に当てて、何を書いたらいいかと考える。

「小説家って言えば……自殺する人が多いって聞いたことあるな。職業柄思い詰めやすいんだって」

そこでワタリが再び閃く。

「そうだ、暗い話を書けばいいんじゃないかな。ひたすら鬱々とした私小説みたいなの。暗い人が書くから本って面白いんじゃないかな」

精霊は答えた。

「そうだよ」

「じゃあ、さっそく……」

ワタリはペンを走らせて、数日後にお話を完成させた。

「おおう、おおえ、おえええええ」

新たな原稿を読まされたリドリーは、涙目になって吐き気を催していた。

「ど、どうしたの……。小説から鬱々とした気分が移っちゃった？」

「違う……。ワタリが……ワタリがこんな文学崩れみたいなのを書くなんて……。いかにも何かありそうで、でも実際は何もない、ただただ暗いだけの日常が取り留めもなくつづられた小説を書くなんて……。辛すぎる……」

リドリーの感想はいつも読書家のそれ過ぎて、ワタリにはよくわからない。

ただ今回もまたリドリーを楽しませることはできなかった。

こうなればもう、意地だ。

部屋に戻ったワタリは、すぐに執筆にとりかかった。

「ギャグだよ」

ワタリは精霊に向かって力強く言った。

「ギャグしかない。このところ、暗いお話ばっかり書いていたから。ここで笑える話だよ。楽しい人が書いたお話こそが面白いに決まってる」

精霊は答えた。

「そうだよ」

ワタリはペンを走らせて、数日後にお話を完成させた。

「おろろろろろろろろ」

ワタリ渾身のギャグ小説を読んで、リドリーは奇声を上げた。

「この……軽快さを狙ったものの、ただ軽いだけの会話劇が滑り散らかしたまま進む様式は……会話劇ってのは……本当は難しいものなんだぜ……」


ワタリは挫けない。

「SFしかなくない？　巨大ロボットが戦うやつ。リドリーは機械好きだし。リケジョが書くお話は面白いかも」

「そうだよ」

ワタリはさっそくロボットSFを書きあげて、リドリーに読ませた。

「ぐ、ぐぬぬぬぬぬ……」

リドリーは唸りながらもどうにか最後のページまで目を通した。

「ダメだ。何にも頭に残ってない。作中のガジェットに突っ込みどころが多すぎて……」

本職の科学者相手に、突貫工事で作ったハードSFは分が悪かった。


それでもワタリは挫けない。

「時代は、泣きだよ。泣きの伝道師になってみる。私が本当に優しい人なら、泣けるお話が書けるはず」

「そうだよ」

今度は感動超大作を書き上げて、リドリーに読ませた。

「うおおおおおおおおおおおお!! おあああああああああああ!」

読み終えた途端、リドリーが雄たけびを上げた。今度はうまくいったかと思ったのだが、

「いい加減にしろ! ワタリのは作者の意図が見え見え過ぎて! ヒロインを殺せば泣けるってわけじゃない! ちゃんと計算して死なせないと! キレそう! あっ」

ぶつんという音が部屋に響いた。リドリーの頭の血管が切れた音だった。リドリーはぐらりとその場に崩れ落ちた。

そういうことを何度も繰り返した。

ワタリは色々なジャンルの小説にトライしたが、どれもリドリーを楽しませることはできなかった。

ある日、リドリーが言った。

「……なあ、そろそろ本当に終わりにしないか」

リドリーはワタリの書いた本格(自称)ミステリの紙束をテーブルの上に置いて言った。

「……不毛だよ。私はワタリに怒ったり、文句言ったりしたくないんだ」

リドリーとワタリは並んで、ベッドに腰かけていた。リドリーの手がワタリのそれに重ねられた。

「ワタリと過ごす時間は大切にしたいし、楽しいものにしたい。ただでさえ危険な旅でお互いにいつ死ぬかわからないんだし。もうちょっと……普通に仲良く過ごしたいよ」

ワタリもそれに同意した。

「……ごめんね、変なものばっかり読ませて」

「いいよ。新鮮ではあった」

その日は、二人は久しぶりに小説を抜きにして過ごした。特別なことは何もしなかったのに充実していた。そういえば、これが自分たちの在り方だったと思い出した。それでここ最近は随分と時間を無駄にしたのだと思い知った。ワタリは無駄なものを書き、リドリーは無駄に怒って。最初からこうやって暇を潰していればよかったのだとわかった。

慣れないことはするもんじゃないとワタリは思った。


自室に戻ると、精霊が消えていた。

ワタリが書くのをやめたからだ。精霊は本を誕生させるためにいたのだろうから、執筆をやめたら消えるのは当然と言えた。

部屋の隅に紙束が山を作っている。ごみの山。なんとなしにワタリはそれを眺めていて、気付いた。

精霊はまだいた。

ごみの山の傍に立っていた。消えたと思ったのは、精霊の姿が極限まで薄れていたせいだった。目を凝らさないと見えないほどに。

ワタリは精霊に言った。

「ごめんね。私に本は書けなかったみたい」

申し訳なさそうなワタリを精霊は見つめる。

「考えてみると当たり前のことだったんだ。そもそもね、真摯さみたいなものが足りなかったんだと思う。暇つぶしで始めたものだもん。ただ闇雲に書き散らしただけ」

でも、書き散らすだけでも気付いたことがあるんだとワタリは言った。

「本を書くのが本当は難しいこと。きっと選ばれた人じゃないと書けないんだね。本を書くってことにちゃんと向き合って、たくさん本を読んで、技術を身につけて、センスを磨いて、才能があって……何より本が好きで。そういう人じゃないと本って、書けないんだと思う」

ワタリは言った。

「ただ文字が書けるだけで、どうして本も書けるなんて思っちゃったんだろう」

精霊は何も言わない。もはや彼女がワタリに応えることはないだろう。書くことをやめたワタリは精霊にとって価値のない人間だ。だからワタリは独り言を続けた。

「最近不思議に思うんだ。面白い本と面白くない本があることが。どっちも文章の集まりには変わりないのに。本って何なんだろう」

精霊は答えた。

「人だよ」

「え……？」

独り言に返事があった。

「本は、人だよ。だから面白い」

精霊は幼い少女の姿をしている。けれど、その言葉を口にする彼女は酷く大人びて見えた。

「誰が書いてもいいんだよ。性格の悪い人でも、暗い人でも、楽しい人でも、リケジョでも、優しい人でも。そこに人が書かれていれば」

本の精霊は静かに、けれどしっかりとした声で尋ねてきた。

「ワタリは人を書いてみた？」

ワタリは答えた。

「知ってるよ。そういう難しい質問、文学的って言うんでしょ。私の頭じゃそういうのは質問の意味からしてよくわからないよ。もしその質問が文学的じゃないなら、魅力的なキャラクターを書こうとか、そういう話でしょ。そういう技術も私にはない」

精霊は何も言わなくなった。これ以上は何も話すことはないという風だ。けれどそれは突き放したようでもない。伝えるべきことは伝えたとでも言いたげだった。

本は人。

今のはそんなに重要な言葉だったのかなとワタリは思った。

きっと重要なのだろう。だから精霊はそれを伝えたきり、喋らなくなったのだ。

その言葉の意味を、ワタリはもう一度考えてみた。

自分は人を書いてみたか。多分書いていない。そういう意識をしたことすらなかった。そもそも人を書くって何だろう。感情の機微とか生い立ちとかをきちんと書くことだろうか。なんとなく違う気がする。うまくできたかは別としてそういう試みは今日までに何度かしてきたのだから。大体、私に書ける人ってなんだろうか。どんな人なら、私には書けるだろうか。そもそも人づきあいが苦手な私には、人間観察力とかもないのに。

そんな私にも辛うじて書ける人がいるとしたら。

「…………」

もう一度だけ、ワタリはペンを手に取った。白い紙にお話を書き始める。これで最後にするつもりだ。

不思議な心地になった。

今日までのお話を書く行為は、熱に浮かされるような感覚があった。暴走列車のように半ば勢いに任せて書いていて、それが楽しくもあった。けれど、今は違った。酷く心が落ち着いていた。書くべきことが静かに頭に浮かんでいく。

　ペンが動く感覚も不思議だった。

　下手くそなりに創作の勉強はした。身につけた技術もある。たとえば魅力的なキャラクターの書き方や、登場人物を引き立てるお話の作り方だ。けれど、そのどれもが不要だった。そういう小手先の技術は、今は虚飾だと思った。今、ワタリが書いている人には必要ない。だってありのままにその人を書けばいいだけだから。技術はむしろ邪魔だった。

　美しい文章や面白い文章を書こうとするのもやめた。ただ彼女が、その五感で感じたことを淡々と描いていく。書記が記録をするように。伝えるべきことを伝えるだけならば、シンプルな文章で十分だった。

　今書いているものが何なのか、ワタリにはよくわからない。面白いかどうかもわからないし、気にしてない。誰かに読ませるつもりもないのだ。解放されたような晴れやかな気分だった。

　ペンは銀河を駆ける馬車のように軌跡を綴っていく。


　数日が経った。

　ワタリの部屋にリドリーがやってきた。ワタリをかまいに来たのだ。その時、ワタリはたまたまお話を書いていた。

　リドリーが紙を見つめて言った。

「まだ書いてるんだ」

「うん。すぐ片づけるよ」

もうリドリーの前で本の話をする気はない。

けれど、片づけようとするワタリを止めるものがあった。本の精霊だ。彼女は視線で、片づけてはいけないと訴えていた。だから、ワタリの手は止まった。何もいないところを見つめて静止しているワタリのことを不審に思ったリドリーが尋ねた。

「どうした、ワタリ」

「……ねえ、リドリー」

ワタリは意を決して言った。精霊が片づけるのを止めているということはそういうことなのだろうと思った。

「もう一度だけでいいんだ。これを読んでくれないかな」

「ワタリの書いたものを……？」

案の定、リドリーは難色を示した。

「あなたに読んでほしいの」

そう思うのは、精霊が背中を押してくれていて自信がわいてきたからだろうか。違う。自信はやはりない。ただこれはリドリーに読んでもらわないといけないと思ったのだ。誰かに読ませるために書いたものではないはずなのに、矛盾していた。でも、この物語はリドリーに読んでもらわないと完成することはない。

ワタリの言葉から真摯さのようなものを感じ取ったのだろう。リドリーは紙を手に取った。

「わかった。そこまで言うんなら読ませてもらうよ」

リドリーは、ワタリが書いたお話の最初の一ページを読み始めた。

静かな時間だった。リドリーは黙々と紙をめくっていく。

やがてすべてを読み終えた。ワタリの書いているそのお話はまだ完結していないので、最新の原稿まで読んだという意味だが。

ワタリは聞いた。

「……どうだった」

「うん」

リドリーが読み終えた原稿を整えながら言った。

「創作という面で見ると、下の下だと思うね。だってこれは身内ネタってやつだ。私たち以外が読んでも面白くもなんともないんじゃないか？」

「……そうだよね」とワタリは顔を伏せる。

「……でも」

リドリーが口元を押さえた。

震えるまつ毛。瞳から零(こぼ)れる水滴が、原稿の上にぽつぽつと黒い染(し)みを作った。

「こんなに色んな星を巡ってきたんだね」

二人の旅の振り返り。それがワタリの書いたお話だった。

人を書く。そう考えた時に、ワタリには書けそうな人物が二人しかいなかった。自分自身と相棒のリドリーである。その二人しか書けないなら、お話は自然と旅のことになる他なかった。拙いかもしれない。

けれど、この本には絶対に人が書かれている。私たちが実際に巡った旅の記録なのだ。血が通っていないわけがない。

ワタリは本の精霊を見た。彼女の姿はもう朧（おぼろ）ではなかった。透けていない。

最後にどうやら、自分は辛（かろ）うじて本というものを書くことができたらしい。

本の精霊に、ワタリは言った。

「ありがとう」

ワタリは思った。

——本ってやっぱり素敵なものかもしれない。

そう思った瞬間に、本の精霊は消えた。消える間際（まぎわ）に、ぐっと親指を立てていた。

リドリーは整えた頁（ページ）を胸に抱きながら言った。

「安住の星を見つけたら、これを製本しよう」

「そんなことしなくていいよ。私たち以外の誰も読まないのだし」

「そうだとしても、私が本にしたいんだ。私たちの旅をできるだけ綺麗な形にしたい」

リドリーは、原稿の最初の頁を見ている。

「それで……タイトルはなんていうんだ。どこにも書いてなかったと思うが」

「うん。考えてなかったから」

「じゃあ、今決めちゃおうか」

「リドリーが考えてくれる？　私、あんまりセンスがないと思うから」

「ワタリに考えてほしいな。それがどれだけセンスがないものでも私は好きになると思う」

「そう言ってくれるなら、考えてみるけど……。あんまり期待しないでよ」

ワタリは目をつぶって、いくつかの案を考えた。そのどれもオシャレな感じはしなかったが、かといって考え続けても仕方ないだろう。自分に創作のセンスがないことは、嫌になるほど思い知っていた。考えても仕方ないのなら、ここはわかりやすいタイトルを選ぶことにしよう。

「決めた」とワタリは言った。

「どんな」とリドリーが尋ねた。

「少女星間漂流記」

まんまだねとリドリーが笑った。

# あとがき

海の底からこのあとがきを書いている。

ずっと黙っていたが私は伊勢えびなのだ。

視界に入るのは赤黒い胸脚と、自分の長い触角である。

今日までの原稿は、防水加工されたノートPCで書いてきた。私のタイピングは速い。十本の胸脚を使って行うからだ。二本の腕しかない人間の五倍の速度が出る計算だ……と最近まで思っていたのだが、よく考えると人間は十本の指でタイプするから同じであった。

書きあがった原稿は、リュウグウノツカイに頼んで海辺まで運ぶ。海辺には電撃文庫編集部沖縄支部が待ち構えていて、ノートPCを受け取るというわけだ。なお、打ち上げられたリュウグウノツカイは水圧の差に耐えられず死ぬ。つまり私が原稿を書きあげる度に一匹のリュウグウノツカイが死んでいるのだが、諸君は何一つ気にすることはない。面白い原稿を届けるための必要な犠牲である。もし神が罰を与えるとしても、対象は原稿を運ばせている私だろうから諸君らは本当に気にすることはない。私がアクアパッツァとなって食卓に並ぶだけの話だ。

私は伊勢えびだが、初めから伊勢えびだったわけではない。昔は人間であった。

伊勢えびになった理由はある。私は不老を求めたのだ。

ご存じだろうか。伊勢えびは不老であることを。

多くの生き物は細胞分裂の度に、テロメアというものが短くなっていく。これが一定より短くなると細胞分裂が止まり、細胞老化が始まる。これが老化の正体らしい。

だが驚くなかれ、伊勢えびは細胞分裂をしてもテロメアが短くならない。不老なのである。

この噂を聞いて、私は残りの寿命の半分を死神に支払い、伊勢えびにしてもらったのである。伊勢えびになれば不老になるのだから、支払いはないも同じであった。

こうして伊勢えびとなった私は永遠に『少女星間漂流記』が書けるようになったのである、わはは。

この先、株式会社KADOKAWAが消滅しようと、日本が沈没しようと、エイリアンが侵略してこようと、海が干上がって塩の砂漠になろうと、地球が爆発して宇宙のデブリになろうと、私だけは死なないのである。

私は永遠に『少女星間漂流記』を書き続けるだろう。そしてリュウグウノツカイが死に続けるだろう。

完璧なプランに思えた。だが、私は先日ある間違いをしていたことに気付かされた。この計画を根本から揺るがす大問題だ。

知人の乙姫から教えてもらったのだが、テロメアが短くならないのは伊勢えびではなくロブスターらしい。

諸君らには、行動を起こす前にリサーチを徹底することをお勧めする。

## ◉東崎惟子著作リスト

「竜殺しのブリュンヒルド」（電撃文庫）
「竜の姫ブリュンヒルド」（同）
「クリムヒルトとブリュンヒルド」（同）
「少女星間漂流記」（同）
「少女星間漂流記2」（同）

**本書に対するご意見、ご感想をお寄せください。**

ファンレターあて先
〒102-8177　東京都千代田区富士見2-13-3
電撃文庫編集部
「東崎惟子先生」係
「ソノフワン先生」係



本書は、「電撃ノベコミ+」に掲載された『少女星間漂流記』を加筆・修正したものです。

電撃文庫

# 少女星間漂流記(しょうじょせいかんひょうりゅうき)2

東崎惟子(あがりざきゆいこ)

2024年7月10日　初版発行

発行者　山下直久
発行　株式会社KADOKAWA
〒102-8177　東京都千代田区富士見2-13-3
0570-002-301（ナビダイヤル）
装丁者　荻窪裕司（META＋MANIERA）
印刷　株式会社暁印刷
製本　株式会社暁印刷



●お問い合わせ
https://www.kadokawa.co.jp/（「お問い合わせ」へお進みください）
※内容によっては、お答えできない場合があります。
※サポートは日本国内のみとさせていただきます。
※ Japanese text only

※定価はカバーに表示してあります。


ISBN978-4-04-915698-0　C0193　Printed in Japan

電撃文庫　https://dengekibunko.jp/